JN067590

マドンナメイト文庫

生贄四姉妹 パパになって孕ませてください

新井芳野

目次

contents

生贄四姉妹　パパになって孕ませてください

第一章　手に入れた麗しのお嬢様

時計の針が日付の変更を告げた瞬間、俺の感覚はいっそう研ぎ澄まされる。

まだ居慣れない豪勢な寝室も、どこか期待にざわめいていた。

「そろそろかな。あるいは、怖《お》じ気《け》づいて逃げ出したのかもしれない」

派手な装飾が施されたベッドで大の字になりながら、俺は独りごちる。

「まあ、来るにせよ、拒否するにせよ、結果は変わらないのにな」

やがて真夜中の屋敷内にギシリと音を立て、忍び足がこちらへ向かってくる。

家人に気づかれぬよう息遣いすら抑えた足取りが、扉の寸前で止まる。

「あの、私です。美樹《みき》です……」

か細い声がノックと共に響く。

にんまり笑いつつ軽くドアを開け、隙間から覗くようにして応対する。

「よくきたね、時間もちょうど指定したとおり。君は見た目どおりに律儀《りちぎ》な性格みたいだ」

「くっ、あなたがこいと命じたんでしょ。妹を人質にとるような真似をして、なんて卑劣なの……」

美樹と名乗った娘は、亜麻《あま》色のロングヘアに透き通るような肌と美貌の持ち主だ。

もっともいまは、修羅の形相《ぎょうそう》で俺を睨んでいるが。

「フフフ、細かいことはいいじゃないか。それより誰にも気づかれなかったろうな？」

「はい、咲良《さくら》も澪《みお》も夜は早いし、玲《れい》は一番離れた部屋にいるので……」

「それはよかった。では、詳しい話は中でしようか」

「キャッ、腕を掴まないでっ、ああんっ」

腕を引っ捕らえて室内に入れれば、すばやくガチャリとドアをロックする。

「なんて乱暴な、ええっ？　ひゃあああんっ」

「おや、お嬢様にしてはずいぶんはしたない声だね。そんな大きな声を出したら隣室に聞こえてしまうよ？」

悲鳴をあげたのは、すでに俺が全裸になっていたからだ。

強健《きょうけん》で逞《たくま》しい男の身体、そそり立つ牡の象徴に、圧倒されない女などいない。

「ああっ、それが男の人の……いやあああっ」

「どうしたんだ、ずいぶん初心《うぶ》な反応じゃないか。まさか見るのは初めてなのかい？」

顔を真っ赤にする美樹は、悲鳴を抑えようと必死で口元を抑えている。

「そんなことっ、ありませんっ、ううっ」

（と言っているが、どう見ても初めてだな。これは脅かしがいがあるなあ）

「なら恥ずかしがることもないだろう。さあ、こっちへおいで」

怯《おび》える少女に向かって、隆々《りゅうりゅう》とそびえる男根を、誇らしげに見せつける。

「待って、待ってください、きゃあんっ」

美樹の意志など聞く耳を持たず、しなやかな肢体をベッドへ押し倒す。

「お願いです、私の話も聞いてください……」

「だからこうして、君と話をするために呼んだんじゃないか。ここなら誰にも邪魔されることがないからね」

「ううっ、だからってこんな乱暴な。それにいきなり裸になるなんて……」

ベッドランプの淡い光が薄暗い室内と、寝間着姿の少女を照らしだす。

ぼんやり浮かぶ横顔は、まるで陶器人形の如《ごと》き繊細で麗《うるわ》しい造りをしていた。

「それが美樹の寝間着かい。歳のわりには少し過激だね」

「あなたがこの格好にしろと言ったんでしょうっ、ひっ、近寄らないでっ」

「白くスケスケのいやらしいネグリジェに、うっすら香水の香り。男を誘うなんていけない娘だ」

「ああ、それ以上言わないで……」

広いベッドの上で、逃れようともがくが、所詮《しょせん》ムダなあがきだった。

男の逞しい腕に組み伏せられれば、華奢《きゃしゃ》な小娘の抵抗などなんの意味もない。

「どうしたんだい、もう少し抵抗してもいいんだよ？」

そのほうが、女を征服する喜びに浸《ひた》ることができる。

「お願いです、約束してください。私はどうなってもかまいませんから、妹たちだけは……」

「殊勝《しゅしょう》だね。かわいい妹を守るために、自分の身を投げ出そうというのか」

「はい、そうすれば私も、んんんっ、ふむううぅっ」

健気《けなげ》な少女の献身的な行為にたまらなくなれば、柔らかい唇を奪っていた。

恋人同士の甘いベーゼとは真逆な、荒々しい獣のようなキスだった。

「んふうううっ、むううううっ」

「ふうう、しっとりと濡れていて吸い付きがいがある唇だな、美樹は」

「いやあ、助けて……」

苦しいからか、それとも屈辱からか、目に涙を浮かべ必死に耐えている。

「はあ、もっと舌を絡めるんだ」

「んふうう、こうですか、ふみゅううううう」

「ふふ、そうだぞ、美樹は素質があるな」

言われるまま、従順に舌を差し出す。

「それにしても、本当にキスが上手《うま》い。彼氏といっぱい経験をしてきたのかな？」

「彼氏だなんて、私、まだそんな人いませんっ、ンンンッ」

「ウソをつくんじゃない。大学生でモデルもやっている娘が、十九にもなって彼氏がいないということはないだろう？」

「ああ、信じてください。私まだ、誰とも……んふうううう」

まあどっちでもいいさ。

本音を言えば、彼氏の一人もいた方が、この美少女を汚《けが》す喜びも増すのだが。

「はあああ、私、もうダメですう……」

「おや、キスだけでもう降参かい。まあ、清楚なお嬢様なら仕方もないが」

ぐったりと強い刺激に酔いしれる美樹は、豊満な肢体を男の前に晒《さら》す。

指で敏感な首筋をなぞってやれば、ビクンと震える。

「ふふ、この白くて瑞々《みずみず》しい身体を、まだ誰にも許したことがないのか」

「はあ、信彦《のぶひこ》さん、あああんっ、そこはっ」

いやらしい手つきで寝間着を脱がせば、プルルン、とたわわな膨らみが露《あらわ》になる。

「んんっ、ダメえっ、見ないでくださいい、いやああっ」

「ほほう、じつによく育っているな。大きくて艶やかで、Gカップはあるんじゃないかな」

「知りませんっ、あああんっ、ムニュムニュしないでえええ」

「うん、手のひらに吸いつくこの感じ、けしからんほどの大きさだ」

隠そうとする腕を無理やり引き剝がし、百センチGカップの美巨乳を存分に弄《もてあそ》ぶ。

ショーツ一枚だけの姿になった美樹はもう、俺にされるがままだった。

「大きいのに乳輪は小さく綺麗なピンク色だとは、彼氏の一人もいないというのはどうやら本当らしいな」

「アンッ、ですから言ったとおりですっ、くうううっ」

清らかな肢体を粗野《そや》な手で蹂躙《じゅうりん》され、切なげに眉を顰《ひそ》める姿も色っぽい。

「はあはあ、すごいな、揉めば揉むほど手に馴染んでくる、たまらんっ」

「ひううんっ、お願いです、これ以上 辱《はずかし》めないで……ひゃあああんっ、舌でなんてえええっ」

「んむううう、この甘い香り、温かな肌触り。やはり若い娘の肌は最高だな」

「ああぁ、舌が私の身体を這《は》い回ってえ、いやあああ……」

チロチロと愛撫を繰り返せば、可憐《かれん》な乳頭がいやらしく勃起してくる。

全身に鳥肌が立つ怖気《おぞけ》に襲われながらも、少女の肌は官能に上気していた。

「白い肌が桜色に染まっているな。会ったばかりの男に抱かれて喜ぶなんて、はしたない娘だ」

「ひゃうんっ、それはあなたがするから。ひああんっ、歯を立てないでえっ」

「言い訳をするんじゃないっ。ここは父親代わりとして、ふしだらな娘にはたっぷりお仕置きをしないとな」

「いやあああん、もうそれ以上しないでくださああいい……」

薄明かりに照らされた深夜の密室に、美少女の悲痛な声がこだまする。

ベッドランプの光が、淫らに交わる俺たちの姿を窓へ映し出していた。

「どれ、そろそろ美樹のここを調べてあげようかな」

「ああんっ、そこはっ、そこだけは許してえええええっ」

いままで以上に痛切な声をあげ、モデルらしい凹凸《おうとつ》に富んだボディも戦いている。

「むふふ、ここはこんなにグショグショじゃないか。おっぱいだけでこんなに感じるとは」

「違うんです。私、そんないやらしい子じゃありませんっ、キャアアンッ」

「なにを言ってるんだい。指でクリクリされただけでこんなに濡らすなんて、感じやすい証拠じゃないか」

「信じてくださいい、こんなの初めてなんですううう……」

泣き顔で自らの潔白《けっぱく》を訴えるが、俺にとってはどうでもいいことだ。

うら若い娘を官能に溺れさせる行為ほど、男の劣情を刺激するものはない。

「これではショーツを履いている意味もないな。僕が脱がしてあげようね」

「ええっ、きゃあああんっ、やめてええええええっ」

すでに蜜でぐっしょり濡れた純白の布帛《ふはく》を、太股から引き抜く瞬間は、最高だった。

悲鳴すら、甘美な囀《さえず》りに聞こえるのだ。

「はあ、これが美樹が身につけていたショーツか。若い娘の精気が詰まっているな」

「ううう、もうやめてえ。私、これ以上耐えられない……」

「どうしたんだ、妹たちのために身体を捧げると言ったばかりじゃないか」

「だって、あなたがひどいことばかりするんですもの、むううっ？」

「はあ、んむううう、涙で濡れた君の顔も綺麗だよ」

「んんんうう、そんなことを言われても……」

深いキスをすれば、ふっ、と抵抗する力も弱まってくる。

（フッ、この程度のキスで甘い顔になるとは、所詮は世間知らずの小娘だ）

太股を閉じる力も弱まり、容易に脚を拡げられるようになる。

「準備ができたようだね。ではそろそろ、メインステージへ移ろうか」

「ああっ？　キャアアアン、いやあああっ」

モデルご自慢の美脚を押し拡げ、ついに最後の秘密を露にする。

「ほう、これが美樹の大切な秘所なのか。年のわりにはずいぶんと幼いな」

「ああああんっ、お願い、見ないでくださいいいい」

うっすらと萌える若草は、ほんの飾り程度しか生えていない。

密やかに息づく秘唇も、年相応とは言いがたい幼さだった。

「驚いたね、やはり彼氏がいないというの本当のようだ。まだ誰一人として出入りした様子がない」

「いやああ、こんなのってえ……」

恐怖と屈辱にまみれた瞳からは、止めどなく涙が溢れる。

「おいおい、泣かなくてもいいじゃないか。それとも見せたいと思う相手はいたのかな？」

「……うう、ぐすん……」

深窓《しんそう》の家庭で育った美樹のことだ。

きっと初めて見せるのは、心から愛した男と決めていたのだろう。

（だが残念だったな、これからお前は好きでもない男に処女を奪われるのだ）

そんな汚れない美少女を、自身の逸物で貫《つらぬ》くと思えば、興奮が止まらない。

雄々《おお》しく脈打つ太幹は、すでに力強く漲《みなぎ》り、すぐにも暴発しそうだった。

「それにしても、こんなにおま×こをトロトロにするなんて、きっと日頃からいやらしい妄想をしていたんだな」

「そんなことっ、アアンッ、指でグリグリしたら痛いっ」

きつく閉じられた割れ目を指でヌプリと弄《いじ》れば、処女らしい反応を示す。

「どうなんだ、オナニーぐらいは経験があるんじゃないのか？」

「オナ……知りませんっ。私、そんないやらしいことなんてっ、アンンッ」

「口ごたえをするんじゃない、言わないともっとグリグリしてやるぞ。さあ、答えなさい、オナニーをしたことがあるのかい？」

「許してええ……はい、あります。身体が熱くなって、夜眠れないとき、どうしようもなかったんですううう」

「ぐふふ、よく言えたね。でも清楚で慎《つつ》ましい姉の本当の姿を妹たちが知ったら、どう思うかな」

「ひうんっ、お願い、妹たちには言わないでください。こんなこと……」

健全な女子大生ならば、疼きに悶《もだ》える夜の一度や二度はあるだろう。

まして美樹は、長身モデル体型でGカップというプロポーションの持ち主なのだ。

「だが心配しなくていい。これからもう、そんなことに思い煩《わずら》う必要もなくなる」

「きゃあああんっ、んんんっ、ダメえええっ、それ以上入れたら裂けちゃううううっ」

「裂けるとは大げさな。まだ指の第一関節しか入っていないよ」

「あああっ、でもお、どうにかなっちゃいそうなんですううう……」

「おお、おお、指で擦るだけなのにこんなに濡れるとは」

激しい責めを続けると、いつしか俺の手は、はしたない蜜でべっとり汚れていた。

「本当にいやらしい。んんむう、こんなに感じるなんてけしからんなあ」

指についた恥蜜を舐めとれば、頭の中がカアッ、と熱くなる。

まるで麻薬みたいに俺の身体を劣情で満たし、獣欲の権化《ごんげ》へ変えてゆく。

「はああ、もうたまらんよ。美樹のせいでチ×ポがこんなになってしまった」

「ひっ、それはあっ、いやあああっ」

腕ほどに太く硬くなった怒張を見せつければ、少女の顔が一瞬で蒼白になる。

「フフフ、いい顔だ、その顔が見たかったんだ。ではそろそろ仕上げといこうか」

「いやあっ、そんなの無理です、無理いいい」

怯える美樹は逃げだそうとするが、無論許されるはずもない。

男の逞しい腕によって、身体をがっしり押さえられれば、もはや逃げ場はない。

「はああ、熱いのが当たってええ、んんんっ」

「ふう、美樹のおま×こも温かいぞ。先っちょが触れただけなのにこんな僕のを包み込んでくる」

「いやああん、怖いですうう……」

グチュリと先端を押し当てられ、白くしなやかな肢体は小刻みに震えている。

密やかに閉じられた秘唇は、いまにも赤黒い男根で割り開かれようとしていた。

「ほら、見てごらん。僕の先っちょが美樹の中に入ってゆくよ」

「くううっ、先っぽが入っただけなのに、なんだこれは。キュウキュウ吸いついてくるっ」

「あああっ、ダメえっ、それ以上はあああぁ」

思わず呻《うめ》いてしまったが、それだけ美樹のおま×こは名器の素質があるのだろう。

(このままじゃ入れただけで果ててしまいそうだな。さすがにそれはみっともないが)

「ゆっくりと入っていくよ。はあ、すごいや、ズブズブッて」

「ううっ、痛い、ですう……もうやめて……」

本当は一気に入れると早出ししそうだからだが、美樹にはそれを感じる余裕もない。

恐怖で引きつる美貌に、俺の胸にはドス黒い感情がじわりと広がってゆく。

「はあ、たまらんっ、いますぐ美樹を俺の物にしたいっ」

「キャッ、いきなりなにをっ、はあああんっ……」

もう早漏らしの危険性もクソもない。

一刻も早く、このじんわりまとわりつく極上の女壺を征服したかった。

「いくぞおおっ、美樹っ、うおおおおっ」

「ええっ、あああんっ、痛あっ、信彦さんのがいっぱいいいい、いやあああああっ」

力強く腰を前へ突き出せば、ズニュンッと音を立てつつ、すべての抵抗を突き破る。

「ダメえええっ、そんなに入らないい、やめてえええええ」

「ぐうううっ、これが美樹のおま×こかっ、すげえっ、なんだこの締まりのよさはっ」

「ああ、もうイヤ。こんなのって、はあああああ……」

深夜の密室に、美女の甲高《かんだか》い悲鳴が響く。

極太の肉棒に清らかな花園を蹂躙され、美しい横顔は絶望に染まっていた。

「くふううっ、すごいな、美樹のおま×こは。襞がウネウネして、たまらないぞ」

「……」

「ふふ、どうしたんだい、もっと抵抗してもいいんだよ？」

俺の逸物に貫かれた美樹は、いつしか無言になっていた。

すでに抵抗する気力も失ったのか、虚《うつ》ろな瞳で凌辱に耐えている。

（やったぞ、ついにこの美しい令嬢の処女を奪ってやったぞっ）

胸の内で快哉《かいさい》を叫びながら、同時に蜜襞の心地よさにも舌を巻く。

きつく締め上げてくる肉孔の心地よさは、これまで抱いたどんな女よりも極上だ。

「はあはあ、動くぞ、美樹っ」

「アンンッ、お願い、ゆっくりいいい……」

満を持してピストンを開始すれば、さすがに美樹も苦痛を訴える。

「なんて気持ちよさなんだ、腰が止まらないよ。君の中は最高だ」

「ううっ、えぐっ、ひううぅん」

「ふふ、好きでもない男に処女を奪われたことが、そんなにショックかい？」

「言わないで。私はもう、あなたの物にされてしまったの……」

清純な美女にとっては、まさに悪夢の夜だろう。

だが俺には、この上もない至福のひとときだった。

「ぐうっ、もうダメだっ、このまま美樹の中で出すよ」

「ええっ？　ダメです、やめてえっ、中だけは許してえぇっ」

無論妊娠の可能性を考えていないわけではない。

「なにを言っているんだ。最初の契約どおり、僕の子を産んでくれれば、君たちは自由になれるんだよ？」

「そんな、いやああ……」

「ぐふふ、さあ僕の精を受け取るんだ。いっぱい出してあげるからね」

「ああ、お父さん、お母さん……」

すべてを悟った美樹は、もういっさいの抵抗をやめていた。

「いい子だ、くうううっ、そんな聞き分けのいい子には子宮の奥の奥にまでたっぷり注ぎ込んであげるねっ」

「……お願い、しますう、私の中に、あなたの精を、ううううっ」

小刻みな腰の律動がどんどん早まり、限界へ近づいてゆく。

激しい振動でプルプル揺れるGカップは、たとえようもないほど猥褻だった。

「ぐうううおおっ、出る、出るぞ、美樹の中にっ、おおおおおおっ」

「あああっ、出てるの、私の中にいっぱい出てるうう、いやあああああ……」

至福の吐精を迎えた瞬間、俺は獣の咆吼《ほうこう》にも似た絶叫を屋敷中に轟《とどろ》かせる。

大量の精を吐き出しながら、脳内にはつい十時間前の出来事がフラッシュバックしていた——。


じめじめとまとわりつく大気が、呼吸するごとに澱《よど》んで肺に滞留《たいりゅう》する。

この季節特有の不快な現象だが、これから起こる事態を思えば、むしろ心地よい。

「ほう、いい家じゃないか。俺がいままで住んでたボロ家とはえらい違いだ」

豪邸が建ち並ぶ住宅街の中でも、煌《きら》めく白亜《はくあ》の邸宅はひときわ目を引く。

ここには生まれてこの方、自分の豊かさに疑念を持った人間などいないのだろう。

「ふん、あんな男にはもったいないぐらいだ」

独りごちると蒸し暑さから逃れるため、ネクタイを緩める。

「金のために自分の家族を売るような男にはな……」

立派な屋敷に相応《ふさわ》しいごたいそうな門扉《もんぴ》は、見てるだけで暑くなりそうだ。

まさかスキャンダルの発覚を恐れて、あんな申し出をするなど予想もしなかった。

「会社が潰れるのは困る、マスコミへの暴露はしばらく待ってほしい、とは虫のいいことを言うな、あのおっさんは」

資金難に陥った企業や、スキャンダルを持つ経営者から小銭を毟《むし》るのが俺の仕事だ。

だが今回は、少々事情が違っていた。

「会社と自分を守るためなら、娘たちを自由にしてもかまわない、なんて親の言うセリフかね」

意外な申し出に戸惑ったが、娘の写真を見せられ、二つ返事でＯＫしてしまった。

四人いるという娘たちは、いずれ劣らぬ美形揃いだったからだ。

「ここの住人は、家長である父親の正体を知ったら、どんな顔をするんだろうな」

哀れとも思うが、にやついた顔がさら緩むのも事実だった。

借金と将来の不安を種に、これからその娘たちを俺の慰《なぐさ》みものにしようというのだ。

「それにしても、門前に立っているのに、誰も出迎えに来ないな。いや、気づいているのにあえて出てこないのかな？」

家人の許可も得ず、鉄製の大仰な扉に手を当てれば、ぐいと力込めて押し開く。

瞬間、キャッ、とかわいらしい声が門内から湧き上がる。

「きゃあっ、チャイムもせずにいきなり開けるなんて、誰なんですかあなたはっ」

衝撃で尻餅をついたのか、腰をさすりながら一人の少女が立ち上がる。

長身で抜群なスタイルに、お嬢様らしい清楚なブラウス姿が印象的な美少女だ。

「そっちこそ、門の向こうでこちらを窺《うかが》っていたのは知っていたよ。久能《くのう》家の長女、美樹さん、かな？」

「どうして私の名前まで……」

「お父さんから話は聞いていたろう？　僕がその話にあった信用調査会社の人間、小《こ》寺《でら》信彦さ。よろしく」

我ながら爽やかな笑みで手を差し伸べ、美樹を抱き起こそうとする。

ふだんと違い、女性と相対するときの一人称は『僕』を使う。

そのほうが相手の警戒心が緩むことを、経験則として知っていた。

「触れないでっ、ここは久能家の敷地内ですよ。勝手に入ったら警察を呼びますっ」

「おっと、失礼。でも僕も、この家の立派な関係者なんだけどね」

「私たちは、あなたのことなんて知りません。出ていってくださいっ」

「おやおや、君のお父さんが言ったんだけどねえ。僕にこの家の管理を任せるってね」

「……くっ、なんでこんな人を……」

(さすがに気が強い、長女だけあるな。たしか女子大に通う大学生だったかな)

怒りと困惑に揺れながらも、品のある整った美貌は、むしろ輝いている。

(美貌だけじゃない。モデルもやっているだけあって、そのスタイルもな……)

舐めるような目線で、優美なフレアスカートから伸びる美脚を視姦する。

「父がなにを言ったか知りませんけど、私はまだあなたを認めたわけじゃ、キャッ」

「新しい当主に向かって、その口の利《き》き方はないだろう。さあ、僕を『家族』のところへ案内しておくれ」

ずいっ、と壁ドンしながら、キスできるほどに接近すれば、小娘など一瞬で黙る。

「ひゃうっ、それ以上近づかないでっ、汚らわしい……」

「いい匂いがするね。君がつけている香水の銘柄を当ててあげようか？」

「ううっ、バカにして、あっ、ダメッ、それ以上はっ」

恐怖で固まる美樹を尻目に、俺は彼女を押しのけ、邸内へ足を踏み入れる。

後ろから咎《とが》める声があがるが、かまわずやたら成金趣味な玄関の扉を開ける。

「キャッ」

「ひゃんっ」

「わあっ」

色とりどりのかわいらしい声が咲き乱れる。

おそらく姉の後ろで様子を見ていた三人の妹は、可憐な容姿の天使たちだった。

「ごきげんよう、かわいらしいお嬢さん方。玲に澪に、そして咲良かな？」

「え、私たちのことも知っているんですか？」

「むうっ、気軽に呼ばないでくれる」

「すごーい、おじさん、超能力者かなにかかな？」

あからさまに反抗の意を示したり、好奇のまなざしを向けてくる者もいる。

反応はそれぞれだが、俺にとっては、みんなかわいい娘たちだ。

「ねえねえ、おじさんが美樹お姉ちゃんのお話にあった、パパの代わりになってくれる人なの？」

　姉妹の中で一番人懐っこい笑顔を向けてくるのは、中学一年生で四女の咲良だ。

　美樹によく似た亜麻色のヘアと、小動物みたいによく動く瞳が印象的な美少女だ。

「もちろんだよ、かわいい服のお嬢さん。たしか、四女の咲良ちゃんだったよね？」

　美少女にしか許されないフリルで飾られた甘ロリ服姿は、本物の人形のようだ。

（ずいぶんと趣味的な洋服だ。きっと姉たちからはお人形のように愛されているんだろうな）

「なに言ってるの、咲良。この人は最初から、私たちを狙ってここに来たのよっ」

「狙うだなんて、人聞きの悪い。さ、僕を案内してくれるかな。君が三女の澪ちゃんだよね？」

「気軽に呼び捨てにしないでっ、なんであなたみたいな不審者をっ」

　三女の澪は高校一年生、スレンダーなスタイルとミディアムボブが特徴的だ。

　気の強そうな所は姉と似ているが、愛くるしい容姿ではすごんでも迫力はないな。

（たしか芸能事務所にスカウトされて、もうすぐアイドルとしてデビューするという話だったたな）

　スカウトされるだけあり、ギャルっぽい露出の高い服装とミニスカは特に目を引く。

「仕方ないな。じゃあ君に頼むとしようか、咲良ちゃん？」

「ふえええっ、おじさん、キャッ」

四人の中でもっとも年少で、人のよさそうな咲良の手を取る。

淑女《しゅくじょ》を扱うように傅《かしず》いて、物腰柔らかく接すれば、名前のとおり桜色の頰も赤くなる。

「わかったわ。おじさん、こっちよ」

「ちょっ、ダメよ咲良、そんな男を引き入れたら」

「咲良ったら、もう、相変わらずなんだから」

「しょうがないわ、咲良は私たちの中で一番素敵な男性に弱いんだもの」

一瞬で俺に懐いてしまった咲良は、もう姉たちの声など届かない。

笑顔のまま、手を引いてリビングまで連れていってくれる。

(子供だろうが、年増だろうが、俺の笑顔に騙されない女はいない)

元々は金と暇を持て余した中年婦人の相手して、地位と財産を築いてきたのだ。

心の中でほくそ笑むが、もちろん彼女たちに気づかれる素振《そぶ》りなどは見せない。

「さすが立派なお屋敷だねえ。美しい女性には、似合いの住処《すみか》だ」

「エヘヘ、そう言ってもらえて嬉しいな」

褒められ素直に喜ぶ咲良は、まるで屈託《くったく》のない笑みを浮かべる。

「さ、こちらへどうぞ」

「ありがとう、じゃあ、咲良も座ってもらえるかな。これから大事なお話があるんだ」

「はーい、おじさん」

豪奢《ごうしゃ》なインテリアに高級そうな絨毯、それにしても広いリビングだ。

むかし住んでいた安アパートのカビ臭い部屋とは、天と地ほども違う。

「うう、咲良ったら、あれほど知らない人についてっちゃダメって言っているのに……」

「美樹姉さん、私たちも座りましょ。いまはとにかく、話し合いをしないと」

（姉を取りなして、場を納めようとしているメガネの美少女が、次女の玲だな）

澪とは一つ違いの高校二年生だが、美しい黒髪を指でくるりと巻く仕草は、実年齢以上の艶っぽさを感じる。

（清楚なところは美樹に似ているが、しかしあのワンピの下に包まれた規格外の巨乳はけしからんなあ）

少女らしい花柄のワンピースだというのに、胸元はありえないほどの盛り上がりだ。

「玲ってば、美樹姉にそんな口をきくなんて……」

上質のソファに腰掛け悠然《ゆうぜん》とかまえれば、反抗的な澪も渋々と従う。

俺と相対するように座る姉妹たちは、一様に緊張した面《おも》持ちだ。

「では、改めて自己紹介をしようか、僕の名は小寺信彦。君たちのお父さんの会社には少なからず世話になっている者だ」

「知っています。父の口から聞いたことがありますから」

「パパにお世話って、ウチの会社の社員かなにかですか？」

「いや、社員ではないよ。主に資金面の提供においてだね」

こうして穏やかに話し合いを進めれば、誰が敵か味方かよくわかる。

明確ではないにせよ、敵意に近いものを持っているのは四姉妹の中で二人だな。

長女の美樹と、三女の澪だ。

「以前から、資産運用の面で相談を受けていてね。もっとも今回は、金銭の問題ではなくなったからこそ、ここに来たんだ」

「でもすごいです。そのお若さで、父や他の役員の方たちともお付き合いがあるなんて」

「うわあ、おじさんってばすごーい」

そして中立か、俺に好意を抱いてそうなのは、次女の玲と末妹の咲良になる。

「だが、お父さんの会社の内情が最近悪くてねえ。それで僕が呼ばれることになったのさ」

(さすがに会社の内情が火の車だとは、娘たちには言っていないようだな)

借金で首の回らない社長を脅し、その家族を好きしていいと約束を取り付けたのだ。

我ながらあくどいとは思ったが、この四姉妹を自由にできると思えば安いものだ。

「会社の資金繰りが厳しいのは聞いていたけど、そんなにひどかったなんて。でも、小寺さんが助けてくれたんですよね?」

「信彦でいいよ。でもその代わり、しばらくは僕がこの家のいっさいを管理することになったのさ」

「管理って、この家は父のものなんですよ。そんな勝手な……」

「だから、そのお父さんからお墨付きをいただいたのさ。なんなら、この土地の権利書もお見せしようかい?」

「ううっ、それはたしかに我が家の……」

さすがに書面をヒラヒラと見せられれば、彼女たちも納得せざるをえない。

「そっかー、よかったあ。おじさんはずっとこの家にいてくれるのね?」

「お手伝いさんも含めて、この家には女性しかいなかったし、小寺さんがきてくれて心強いです」

「ちょっと、玲も咲良もなにを喜んでいるの。この男は、パパを追い出した張本人なのよっ」

「えー、でも追い出すって言われても、パパはずっとこの家にはいなかったじゃない？」

「ううっ、それは……」

幼い咲良に的確にやり込められ、高校生の澪は押し黙ってしまう。

この家のことは、父親を追い出す前から調べがついていた。

(母親が他界後、仕事やよそに作った女にかまけ、娘たちのことは使用人や長女の美樹に任せっきりだったらしいからな)

どうせ思い入れもない屋敷と娘たちならば、俺がいただいても文句はあるまい。

「このおじさんはずっとおうちにいてくれるんでしょ？　咲良、前から優しいパパが欲《ほ》しかったんだ」

「もちろんさ。ここいることになったら、ずっと君の側《そば》にいてあげられるよ」

「ホント？　咲良とっても嬉しい！」

「おおっと、意外と大胆なレディだ」

喜びを爆発させたゴスロリ服の少女に飛びつかれれば、さすがに驚く。

瑞々しい肌に未成熟なボディは、ロリコンの気がなくても目覚めちまいそうだ。

「咲良ったら……でも父の会社がマズいことになるなんて、私たちは今後どうなるんでしょう。学校の問題もありますし」

次女の玲は、品のよい細フレームのメガネを神経質そうに弄っている。

「その心配はないよ、君たちが当分暮らしていけるだけの資産は確保してある。この屋敷を追い出されることもない」

「本当ですか、よかったです。それも小寺さんが工面して下さったんですね？」

「無論さ。言ったろう、僕の役目は君たちを守るためなんだからね」

「まあ、やっぱり小寺さんてばすごいんですね。そんな方にいてもらえるなんて」

両手を組む乙女のポーズで、玲は俺のことを尊敬のまなざしで見つめている。

(チョロいなあ。まあ、いくら知的に見えるといっても、所詮まだ女子高生だしな)

俺の言った資産とは、姉妹たちの父親がいざというときに隠しておいた口座のものだ。

それを先んじて押さえておいたから、あの男も追い詰められたのだが。

「玲も咲良もどうかしているわ。どうするの、美樹姉？」

「どうするもこうするも、こうなっては仕方がないわ。しばらくは様子を見るしかなさそう」

「そんなっ、私はイヤよ。知らない男といっしょに住むなんて……」

「わかってるわ。とりあえずは私に任せて、ね、澪？」

「美樹姉……」

不満顔だった長女の美樹と三女の澪も、渋々ながら同意したようだ。

「どうやらこれで納得してくれたようだね。さあ、みんなも疲れたろうから今日はここまでにしようか」

お開きとばかりに手を叩けば、納得如何《いかん》に関わらず、素直に従ってくれる。

「うう、私は絶対認めないんだからあ。ねえ、美樹姉も玲も話を聞いてよお」

「澪ったら、信彦おじさまはとってもいい人みたい。おとなしくご厚意に甘えましょ？」

「冗談じゃないわ。男と同棲してるなんてバレたら、事務所がなんていうか……」

「そういえば、澪はアイドルとしてデビューが決まっているんだよね？　心配しなくてもいいよ。僕が事務所とはきっちり話をするから」

「けっこうですっ」

吐き捨てれば、スタスタと大股で自室へ引き上げゆく。

「おじさま、ごめんなさい。でも澪は本心から怒っているわけではなくて、戸惑っているだけなんです。私にはわかりますから」

「ふふ、ありがとう玲。君は聞き分けがよくていい子だね」

思わず頭をポンポンしてあげると、怒るどころか玲は頬を赤く染める。

「あっ、おじさま……」

「おや、玲は頭を撫でられるのが好きなのかい。って、うわあ、どうしたんだい咲良？」

思わず玲といい雰囲気になりかけるが、いきなり咲良が胸へ飛び込んでくる。

「ヤダーッ、おじさん、咲良もいっぱい抱っこしてくれなきゃイヤなのー」

「やれやれ、咲良は甘えん坊だな。ほら、これでいいかい」

「むふうん、おじさんのナデナデ、とっても気持ちいいのお……」

「それはよかった。あと、できれば二人とも、おじさん呼ばわりはやめてほしいんだが」

猫みたいに俺へ甘えてくる咲良を見れば、子供は守備範囲外だが愛着も湧く。

しかしアラサーの三十二歳に、おじさん呼びはこたえるのでやめてほしい。

「んーと、じゃあパパって呼んでいい？　咲良、前から素敵なパパが欲しかったの」

「うーん、まあ、おじさんよりはマシだね。パパでいいよ」

「わあい、嬉しいー、パパ大好きっ」

かわいらしいゴスロリ少女に甘えれられ、そんな呼び方も悪くはないな。

「仲がおよろしいこと。きていきなり玲と咲良を手なづけるなんて、ずいぶんスゴ腕なのね」

やりとりを静観していた美樹はあきれると同時に、さらに警戒心を強めたようだ。

「美樹、長女として、君にだけは言っておきたいことがあるんだ。あとで時間をもらえないかな？」

「なんですか？　不埒《ふらち》なことを考えているなら、すぐにでも出ていってもらいますよ」

「ふらちって、なにー？　美樹お姉ちゃんとだけお話しするなんて、ずるいのー」

「咲良、おじさまはお仕事でここに来ているのよ。邪魔をしないようにあっちへ行きましょ。お夕食の準備もしないとね」

「はーい、パパにも美味しいもの、いっぱい食べてもらおうっと」

ようやく離れてくれた咲良は、玲といっしょにダイニングへ駆けてゆく。

あとに残された俺と美樹は、まるで決闘でもするような張りつめた緊張感のなかにいた――。


「はあはあ、ふうう、最高だったよ、美樹……」

真夜中の寝室、激しい行為のあと、俺はこの数時間の出来事を回顧《かいこ》していた。

二人きりで話し合い、この家を守るため、その身を捧げるよう要求したこと。

そして、美樹もそれを承諾し、こうして俺の寝室に忍んできたことを。

「……うう、これで、これでもう私たちを自由にしてくれるんですよね」

悦楽の陶酔《とうすい》に浸りつつも、美樹の白い乳房や髪を弄んでいる。

「なに言ってるんだい、もう僕たちは離れられない仲になったんじゃないか。これからもっと、楽しもうじゃないか」

「そんなっ、約束がちがいますっ。お話のとおり、妹たちには手を出さないって、んんむううっ」

「もうダメだ、お前を手放したくない、美樹……」

再びのしかかり、唇を奪う。

「それに美樹だって、最初は嫌がっていたけど、いまはこうして僕を受け入れてるじゃないか」

「そんなことっ、ああ、もうこれ以上は……」

足首を摑み、力なく横たわる脚を開けば、無残にも広がった交わりのあとが見える。

「すごいな。あんなに閉じられていたおま×こが、ぱっくり開いてる。おおっ、うっすら血の混じった精液がこぼれてくるぞ」

「……ぐすん、そんな恥ずかしい解説をしないで……」

女子大生の清らかな肢体に、征服の証《あかし》を刻んだのは、紛《まぎ》れもなく俺の男根なのだ。

「たまらんっ、なんていやらしい光景なんだ。これじゃまた、チ×ポが兆《きざ》してきそうだっ」

俺の肉棒は、直前の大量射精など意に介さず、再び雄々しく隆起していた。

「ああ、またそんな大きすぎるおち×ぽで、私を……」

「そうだよ、これから何度でも僕のペニスで貫いてあげるよ。美樹が僕の子を宿すまでね」

「あああん、イヤあああ……」

口では嫌がっても、もはや自分の運命を受け入れたのだろう。

美樹はもう、二度目の挿入を拒むことすらしない。

「入れるよ、美樹。また君の中で気持ちよくなりたい」

「わかり、ました。あなたのお気のすむまで……」

猛然《もうぜん》と再挿入を試みようとした瞬間、背後にある気配を感じる。

(おや、扉が開いているな、たしかに鍵をかけたはずなのに)

セックスにかまけていたため気づかなかったが、扉が半開きになっている。

内側から閉めたはずだが、家人であれば合鍵は持っているだろう。

(とすれば覗いているのは、玲か澪か。どうやら、美樹のいやらしい声が届いたようだな)

他人の気配を感じ取るのは、生き馬の目を抜く世界で生きてきた俺の特技だ。

(ふふ、いいだろうさ、存分に見るがいい。俺と姉がセックスしているところをな)

「はああんっ、信彦さんのおっきいのがいっぱいいいいい」

ブチュリと自慢の逸物を突き入れれば、もう美樹は俺の剛直の虜《とりこ》になったようだ。

「はあ、いい顔だぞ、美樹。もっともっと感じさせてやる」

「アン、激しいっ、もっとゆっくりいいいい……」

勇《いさ》んで腰を動かし、感覚を研ぎ澄ませば、扉の向こうから声が聞こえてくる。

「はあああ……美樹姉さんが、おじさまといやらしいことしてるのお……」

艶めいた喘ぎ声を出している少女の正体は、ほぼ見当がつく。

情事を盗み見しながら扉にもたれ、官能に染まった手淫に耽《ふけ》っているのだろう。

(ふふ、これで次の獲物は決まったな)

行為を覗いている人物に見せつける激しさで、蜜襞を突きまくる。

胸中でにんまり笑いつつ、俺は二度目の絶頂へ向かい邁進《まいしん》していた——。

第二章　牝堕ちダブル爆乳娘

「ええ、ですがその件はもうケリがついたはずでは。これ以上あなたとお話しすることはないですね、では」

朝の日差しが眩《まぶ》しい邸宅のリビングに、無粋《ぶすい》な怒声を響かせる。

スマホの向こうでなにやらわめく声があがるが、無視して通信を切る。

「まったく、このご時世にそんな放漫経営で、よくやってこれたものだ」

この家にやってきてから数日、俺はこうしてソファに寝転がるだけの生活だった。

まさか優雅な雰囲気に浸りながら、仕事ができるとは思わなかった。

(こんなふうに怠惰《たいだ》にすごせるのも、あの男の隠し財産を手に入れたからだが。そういう意味では感謝しないとな)

いま頃どこでなにをしているのか、知ったことではない男だ。

だがこうして横になりながら仕事のできる環境を与えてくれたのも、事実ではある。

「パパってば、すごーい。なんだかエラい人みたい」

「おや、おはよう咲良。お姉さんたちはもうとっくに出かけたよ」

不意にソファの後ろから、咲良がピョコンと顔を覗かせる。

亜麻色の髪をツインテールにまとめた制服姿は、いつにもまして眩しい。

「いーんだもーん。お姉ちゃんたちはいっつも忙しいみたいだし、咲良のことなんかかまってくれないんだもの」

「それは、玲は生徒会のお役目があるからだし、澪は歌やダンスのレッスンがあるからだろう」

「むう、パパまで美樹お姉ちゃんみたいなこと言うんだ。咲良はただ遊んでほしいだけなのに」

「咲良は中学一年生なのに、まだまだ子供だね。そういえば、今日はかわいいフリフリのお洋服じゃないみたいだけど」

「学校行くんだもの、制服なのは当然でしょ。パパったら、ときどき変なことを言うのね」

名門私立中学のセーラー服は清楚だが、甘いゴスロリ服も咲良によく似合っていた。

「はは、ごめんよ。すごくかわいかったから、ついまた見たくなっちゃってね」

「ふーん、でも咲良はこっちのほうが好き。あの服は、美樹お姉ちゃんや玲お姉ちゃんが着せてくれるけど、動きにくいんだもん」

やはり姉たちからは、着せ替え人形のように扱われているみたいだな。

たしかにフリルやリボンで飾られたゴスロリ服は、行動に制約がかかりそうだ。

「そっか、でもまた今度着てもらいたいな。って、うわっ、そんなに甘えて」

「わかったー。じゃあ、そのかわりい、パパにいーっぱい甘えちゃおうっと」

相変わらず小動物みたいに俺の胸にすり寄ってくるが、無理もないのだろう。

(咲良は物心つく前に母と死に別れ、父も家におらず、美樹や子守役の使用人が親代わりだったというからな)

「しょうがないな。でももうすぐ登校時間なんだから、それまでだぞ?」

「わーい、ありがとう、パパ」

「いくら二十も年の差があるとはいえ、さすがにパパはないだろう。でもまあ、咲良が気に入ってくれるのならねえ」

(こんな豪邸に住んでいても、寂しい生活を送ってきたんだな、姉妹たちは)

そんなふうに考えれば、俺の胸には柄でもない感傷が湧き上がってくる。

「ダメでしょ、咲良。信彦さんの邪魔をしちゃ」

コーヒーのいい香りを漂わせつつ、美樹がトレイを持って現れる。

「かまわないでくれ。こうして遊びたいだけ遊ばせるのも悪くはない」

「そうだよー、美樹お姉ちゃんもいっしょに遊んだらいいのにー」

「もうっ、私にだってそんな甘えたことがないのに」

悔しそうな顔を浮かべる美樹は、咲良の身を案じているのかもしれない。

こうして俺が娘のようにかわいがっていることに、心中は複雑なのだろう。

「さ、食後のコーヒーをどうぞ」

「ありがとう。美樹は食事だけではなくて、コーヒーを淹《い》れるのも上手いな」

（それにしても、美樹もずいぶんと育ってきたじゃないか。俺に抱かれて女としていちだんと磨きがかかってきたみたいだ）

Ｇカップがくっきり浮かび上がるタイトなニットに、思わず舌なめずりする。

「いえ、これも私の役目ですから、お礼には及びません」

だがまだ表情は暗く、そして固い。

この数日、百センチの美巨乳をさんざ弄んできたのだから当然ともいえるが。

「もうそろそろ、学校に行く時間じゃないのかな、咲良。そうだ、僕が車で送っていってあげるよ」

「ホント？　パパといっしょならうれしいっ」

「なら先に、車のところで待っててもらえるかな。お姉さんと少しお話しがあるんだ」

「はーい。じゃあ、いってくるね、美樹お姉ちゃん」

「はい、いってらっしゃい。気をつけてね」

やっとベタベタ甘えてくる子猫が離れると、なぜか寂しい気持ちになる。

「さて、出かける用意をしないと。美樹、僕のジャケットを用意してくれないか」

「どういうことですか？　自分から進んで咲良を送るなんて、まさか……」

穏やかに咲良を見送っていた美樹が、一瞬にして、鬼女《きじょ》の面持ちに変わる。

「ふふ、なにか勘違いをしているようだね。いちおう、君たちの父親代わりとして、義務を果たしたいだけさ」

「義務だなんて、よくそんなことが言えたものね」

「怒ったのかい。まさか僕が、子供相手でも欲情すると思ったのかな？」

「そんなわけでは。ひっ、触らないで、このケダモノ……」

「なにを言っているんだ。この数日、ベッドの上であんなに愛し合ったじゃないか」

「それは、あなたが無理やり……お願いです。どうか咲良にだけは手を出さないで」

硬直する美樹をよそに、俺はからかうように彼女の身体を指でなぞる。

「心配しなくてもそんな真似はしないさ、あの子が望まない限りはね。君のほうこそ大学はいいのかい？」

「休学届は出してあります。あなたが妹たちに手を出さないよう、ずっと監視する必要がありますから」

毅然《きぜん》と言い放つ美樹も素敵だ。母親代わりとして立派に務めを果たしているな
「誰のせいでこんなことになっていると思っているのっ」

「咲良を送ったらすぐに戻ってくるさ。ああ、でも寄るところがあるから、多少時間はかかるかもしれないけどね」

「……いってらっしゃい。気をつけなくてもいいですよ」

「ああ、いってくるよ。君も気をつけておくれ」

精いっぱい辛辣《しんらつ》な皮肉を言う美樹に、爽やかに挨拶しつつ、俺は出発する——。

「ごきげんよう、明日もよろしくね」

「そちらこそ、うふふ、今日は愉しかったわ」

臙脂《えんじ》のリボンを揺らした可憐な制服少女の園には、嫋《たお》やかな会話が咲き乱れている。

清楚なブレザー姿の女学生たちがおしゃべりしつつ、わらわらと校門から出てくる。

瀟洒《しょうしゃ》な赤レンガふうの女子校は、ちょうど下校時間にさしかかったところだ。

「なるほど、ここが玲の学び舎《や》か。噂どおり立派なものだ」

咲良を送ったあと、適当に時間を潰しつつ、こうして待ち人を焦《こ》がれている。

玲の通う女子校は、お嬢様が通う名門として、近隣でもつとに有名だった。

「さて、玲はまだかかな。そろそろ出てきそうなものだが」

正門の前で、帰途《きと》につく女子生徒を眺める男は、下手《へた》をしなくても不審者に見える。

「こんなところに来られるのも、姉妹たちの保護者代わりを務めているからだな」

でなければ、門前で佇《たたず》む警備員に叩き出されていたことだろう。

やがて級友だちとおしゃべりをしながら、こちらへ向かってくる玲が目に入る。

「お帰り、玲。時間どおりだね」

「おじさま？　どうしてこちらに」

ふだんは係の運転手の車で登下校をするが、いきなり俺がいれば驚くのも当然だ。

「ちょうど、ここら辺を通りかかってね。君の下校時刻にも近かったし、僕が送ってあげようと思ったんだ」

「そうだったんですか。お世話をかけて、すみません」

無論ウソである。

最初から、次の獲物を玲に据《す》えて、すべて計算ずくで行動しているのだ。

「どうしたの、玲。そちらの人、あなたのお知り合い？」

「おじさまって言ってたわ。うーん、でも、ずいぶんお若い叔父さんね」

話を聞いていたクラスメイトたちは、俺の素姓《すじょう》に興味津々《しんしん》なようだ。

「こんにちわ、お綺麗なお嬢さん方。僕は縁戚《えんせき》の者でね、いつも玲がお世話になっているようで、これからもよろしく頼むよ」

恭《うやうや》しくレディを扱うように接すれば、途端に黄色い声があがる。

「キャッ、もう、お上手ですね、おじさまなんて言って失礼しました。『お兄さま』、とお呼びしたほうがいいかしら」

「うふふ、ずいぶん素敵な『おじさま』がいるのね。玲も隅に置けないわ」

（ふふん、チョロいなあ。こうやって下手に出て褒めちぎれば、簡単に靡《なび》いてくれる）

俺は見た目については、誰からも好感を持たれるよう、全力を払ってきた。

着ているスーツは一流の店で仕立てたものだし、容姿のチェックにも怠《おこた》りはない。

（所詮、女は男の見た目と財力に騙されるのだ。そこに注力すれば、たいていの女はこうして落とせる）

「はい、おじさま」

「さ、いっしょに帰ろうか、玲。この先の駐車場に車を停めてあるんだ」

いい気分になっているのは、級友だけでなく、玲もそうだった。

頬を赤く染め、俺にエスコートされることを心の底から喜んでいる。

「またね、玲。今度のそちらのおじさまについて紹介してね」

「ええ、わかったわ。それじゃ、みなさん、また明日ね」

笑顔で別れの挨拶をすませ、俺の車へと乗り込む。

国産だがハイグレードな高級乗用車は、乗り心地も抜群だ。

「じゃあ、ベルトを締めてくれるかな。では発進するよ」

「はい、おじさま。いつでもＯＫです」

「ふふ、玲は聞き分けがいいね。これが咲良なら、駄々をこねて出発に手間取るところだよ」

「まあ、おじさまったら。咲良が聞いたらなんて思うかしら」

俺をたしなめるが、助手席に腰掛けた玲の表情は明るいままだ。

自分が他の姉妹たちより愛されていることに、優越感を覚えているのかもしれない。

「こんなことが話せるのも玲だからさ。他の子たちではそうもいかない」

「おじさま……」

赤らめた頬がさらにピンク色に上気する。

「なんだか夢みたい。こうして、おじさまに迎えにきていただけるだけでも嬉しいのに」

軽快に車を走らせる、といっても学園から自宅までは、せいぜい数分の距離だが。

車での送り迎えは、あくまで女生徒の安全上の問題だからだ。

「なら少し遠回りしていこうか？　せっかく二人きりのドライブだしね」

「はいっ。私もおじさまと、もっとお話をしたいです」

両手を合わせ少女らしい仕草で喜びを表現すると、俺の胸中の食指も動きそうだ。

（たまらんな。こうして制服の上から見ても、もしかすると美樹よりおっぱいが大きいかもしれない）

知的なメガネに清楚な濃紺ブレザーの制服だが、その巨乳は隠しようもない。

（はあ、いかん。まだ高校生のくせにこんなけしからんおっぱいの娘には、いますぐ俺の逸物でお仕置きしてやりたくなるぜ）

心の中で舌なめずりをするが、表向きは紳士として余裕ある態度は崩さない。

「そういえば、以前君が書いたというレポートを読ませてもらったよ。なかなかに興味深い」

「本当ですかっ、おじさまに褒めてもらえるなんて、嬉しいです」

資産の運用や形成について興味があると聞いたので、相談に乗ったことがある。

真剣な顔の玲から渡された詳細なレポートには、驚かされた。

「いや、資産の効率的な運用に関しては、僕も文句のつけようがなかった。君はどうやら、そちらの素質もあるようだ」

「父があんなでしたから、いざというときは私たち姉妹だけで生きていくために必要だと思ったんです」

「なるほど。投資分散のバランスやリスクの上手い管理は、プロの機関投資家でも舌を巻くほどだよ。僕もぜひご教授願いたいな」

なぜ、いいとこのお嬢様がそんな知識をと思ったが、いまの説明で納得がいく。

「まあ、おじさまったら。でも、そんなふうに言ってもらえて、私も自信がつきました」

「それはよかった、今度有名な投資家の先生を紹介するよ。君なら、いい生徒になることは間違いない」

「嘘みたいです。おじさまのおかげで、私の夢がどんどん叶《かな》っていきます」

ふだんは大人びた雰囲気を持つ玲だが、こうして褒めてやれば年相応の笑顔を見せる。

楚々《そそ》とした制服少女は無邪気に喜ぶが、周囲の環境の変化にはたと気づく。

「あれ、あの、おじさま、この道って……」

いつしか窓から見える風景は、騒がしい市街から閑静な郊外へ変化していた。

「どうしたんですか、自宅からだいぶ離れてますけど。遠回りするにしてもこれでは……」

「もうひとつ、玲に相談したいことがあってね。少し付き合ってくれるかい」

「相談、ですか……はい。私にできることでしたら」

「そんな神妙にならなくてもいいよ。姉妹の中で一番聡明《そうめい》な玲にしか、話せないことなんだ」

「聡明だなんて、おじさまったらほんとお上手です」

鬱蒼《うっそう》とした森林を走る道は、昼間であっても薄暗く、他に車の行き交《か》う気配はない。

「実は最近ちょっと困ったことがあってね。僕の部屋、数日前までは君たちのお父さんだ」

んの部屋で妙なことがあったんだ」

「父の部屋で、妙なこと、ですか……」

「うん。毎夜僕が就寝しているとき、誰かが扉の鍵を開け、中を窺っているみたいなんだ」

「……」

俺が淡々《たんたん》と話すごとに、玲は無口になる。

「最初は気のせいかと思ったんだけど、昨日などは、あきらかに誰かの声がしてね」

口を噤《つぐ》むだけではなく、血色のよい艶やかな容貌《ようぼう》も青ざめてゆく。

「聞き耳を立ててると、美樹姉さんより私のほうが気持ちいいって、エッチな声でいっぱい鳴いていたね」

「そんなっ、私は姉さんみたいにはしたない声ではっ、はっ」

あわてて口を塞ぐが、もう手遅れだった。

にんまりと笑みを浮かべ、羞恥で縮こまる制服姿の女子高生を視線で犯す。

「やっぱり、玲だったんだね。僕と美樹の情事を覗いていたのは」

「……はい」

「そうか。でも僕がこの家にきた当日には、もう覗いていたね。最初から気づいていたのかな」

素直に頷《うなず》く玲を見て、俺は心の中で勝利を確信していた。

「それは、本当は私がおじさまの部屋に伺《うかが》おうと思っていたんです」

「君が僕の部屋にだって、どういうつもりだい?」

(美樹はイヤイヤ処女を捧げたというのに、まさかこの娘もそのつもりだったのかな)

美しい黒髪を優しく指で梳りながら、さらに話を続けるよう促す。

「私、おじさまがこの家にきた目的は、なんとなく察していましたから」

青ざめた頬は、再び薔薇色に染まる。

「だから、私が身代わりになって……でも誤解しないでください。決してイヤなわけではないんです」

長い睫毛を伏せ、愛の告白をする乙女のようにしおらしくなる。

「その、おじさまはとても素敵でしたし、私、おじさまとなら、どんなことになっても……」

どうやら俺は、この娘を誤解していたらしい。

わざわざ少女が気に入るシチュエーションをお膳立てしたのだが、もうとっくに落ちていたとは気づかなかった。

(それならもう、遠慮することはないか)

甘いムードで情事を覗いた事実を指摘し、瑞々しい身体をいただこうと考えていたのだ。

「あの、おじさま、私……あっ」

「緊張しなくていい。僕に任せてくれれば、ね」

ゆっくり路肩に車を停めれば、掌中《しょうちゅう》の小鳥へ手を伸ばす。

小刻みに震える玲を卑猥な目つきで見れば、スカートから伸びた白い太股に触れる。

「キャッ、ダメですっ」

「いけない子だな、玲は。こうなることを予測して、僕の車に乗ったのかい?」

「そんなこと、ありませんっ、やめてください、ああっ」

口ではダメといっても、手を払いのけようとはしない。

「なにを言うんだい、見てたんだろう?　僕と美樹がセックスするところを」

「それは……ええ、見ていました」

おとなしく俺を受け入れる少女に、嗜《ま》虐心が湧く。

「どうだったたい?　初めてセックスを目の当たりにして」

「驚きました……美樹姉さんが、おじさまとあんなことをするなんて」

「あんなことを、か。やはり、一部始終知っているんだね」

「はい。あの日、夜中におじさまの部屋へ行く姉さんを見たんです。はしたない格好をして、嗅いだこともない香水もつけて……」

怯えつつも淡々と話せば、上品な細フレームのメガネも揺れている。

「本当に、本当に驚きました。美樹姉さんがベッドの上で、あんないやらしい声をあげるなんて」

口調は強めだが、姉を非難しているわけではない。

「でも同時に身体が熱くなって。私、なにも言えなくて、ただ黙ってずっと見ていたんです……」

「見ているだけじゃなかったよね。美樹の恥ずかしい姿にいっぱい感じていたろう？」

「んんっ、それ以上言わないでくださいっ」

「君は僕たちのセックスに気分が昂《たかぶ》って、たまらなくなったんじゃないのかい？」

耳元に熱い息を吹きかけ、囁《ささや》くように卑猥なおさわりを繰り返す。

プリーツスカートの中にがさつな男の手が入っても、もう抵抗はしなかった。

「はいいっ、んんんっ、でもおじさまに気づかれていたなんて恥ずかしいですう」

「聞こえていたんだ、玲の声は。僕たちのセックスを盗み見て、自分自身を慰める声がね」

「あんっ、イヤッ、そんなこと、あああんっ」

おもむろに、ブレザーの上で息づく見事な乳袋を、指でプニュンと刺激する。

（ふぉおおおっ、制服の上からなのにこの触り心地っ。何カップあるんだ、このけしからんおっぱいはっ）

美樹を上回る爆乳に心の中で驚嘆《きょうたん》しつつ、言葉責めは続行する。

広い車内はライトグレーのシートに木目調の内装がより高級感を演出してくれる。

「フフ、どんな感じだったのかな。君に教えてほしいんだ」

「ううっ、よく覚えていません。姉さんの声を聞いたら、身体が熱くなって、立っていられなくって、気づいたら私……」

「気づいたら、どうしていたんだい？」

「身体中がまるで自分のものじゃないみたいに敏感になって、どこに触れても熱いんですう」

俺の言葉に責められて、玲はあきらかに感じている。

メガネでお堅そうな委員長タイプ少女のほうが、M属性の気《け》が強いのかもしれない。

「指で触れてみたら、気を失うぐらいにどうにかなっちゃいそうで……」

「指で触れるって、どこをだい？」

「ああんっ、イヤああん、そんなところっ、ううっ、いまおじさまが触れているところですうう」

「ダメだよ、ちゃんと言わないと。玲はお勉強のできるいい子だろう」

「ああぁっ、おま×こ。私の大事な、おま×こですうううっ」

ネチネチと責めつづけながら、少女をいやらしく改造するのは、極上の喜びだ。

卑猥な言葉を浴びせかけ、理性をゆっくりと奪ってゆく。

「お嬢様の言っていいセリフじゃないな。でも、おま×ことという言葉は知っていたんだね」

「はううっ、そんな、おじさまの意地悪……」

いつしか、俺の手は玲のブレザーを脱がし、シャツのボタンも外していた。

はだけた胸元からは、高級そうなブラに包まれた、純白の乳房がチラ見している。

「それで、おま×こを触った感想はどうだい。もしかしてオナニーも初めてだったのかな？」

「オナニーって、そんな恥ずかしいことっ、あんっ、ムニュムニュしないで」

「恥ずかしいだなんて、触っていたのは玲じゃないか。あんなにはしたない声をあげて」

「ふええん、はい、すごく、すごく気持ちよかったです……」

「フフン、よく言えたね。では、僕と美樹のセックスのどこがそんなよかったのかな」

囁くだけでなく、首筋や耳たぶに軽くキスしながら刺激も与える。

感じやすい玲の身体は、それだけでビクンと痙攣して官能を高めている。

「ああんっ、おっぱいです。姉さんたら、おじさまにおっぱいを吸われて、あんなに感じて……」

「ほう、おっぱいというのはここのことだね」

「あん、ダメッ」

真面目くさった顔のまま、とうに露になっていた、レースのブラをつまみ上げる。

むせ返るような女子高生の匂いと共に、たわわすぎる膨らみが眼前に現出する。

（おおっ、やはり俺の見立てに間違いはない。この大きさは、百センチを超えるHカップはあるっ）

「ひゃんっ、おじさまあ、見ないでくださいいい」

「怖がらなくていいんだよ。さ、身体の力を抜いて」

「アン、でもお、キャッ」

助手席で悶える少女の頬を撫でつつ覆い被さると、シートレバーを引く。

緩やかに席が倒れれば、ふわりと舞う艶やかな黒髪から、芳《かぐわ》しい香りが広がる。

「綺麗なおっぱいだ。こうして寝そべってても、ぜんぜん型崩れしない。こんな大きいのに」

「そんなふうに言われても、いろいろ不便なんです。友だちにはからかわれるし」

この大きさではそうだろう。だが男にとっては、この上もない母性の象徴なのだ。

「誰に言われても、僕は君の綺麗なおっぱいが好きだよ」

「おじさま……んはあああああんっ」

上質なシートの上で、伸びやかな少女の肢体が跳ねる。

ピンクの初々《ういうい》しい乳首を、男の厚ぼったい舌で吸われたのだから、当然の反応だ。

「まだ吸われたばかりなのに、こんなピンピンにするとは、はしたないおっぱいだ」

「ああ、おじさまに私のおっぱいが、チュウチュウ吸われてますうう」

「美樹のおっぱいも、いやらしく尖っていたよ。やはり姉妹だねえ」

「姉さんのも、んんっ、おじさまに吸われて、とっても気持ちよさそうでした」

「ふふ、玲は美樹のどんなところを見ていたんだい？　いっぱいオナニーをしたんだろう」

「はあ、それは、舌でいやらしく吸われて、姉さんたらエッチな声を出してたの、きゃあああんっ」

すぼめた舌で、ややきつ目に吸い立てる。

軽く歯も当て、ぷっくりとしこり立つ乳頭への刺激も忘れない。

「どうだい、こんなふうに美樹はおっぱいを吸われていたんだよ。玲にもいっぱいしてあげるね、んちゅううう」

「はああ、気持ち、いいです……おっぱいがこんなに気持ちいいなんて、初めてですううう」

木漏れ日の差す人気《ひとけ》のない林道、俺は制服少女をシートへ押し倒していた。

車中で交わる興奮が、若い肢体を貪《むさぼ》る快楽を、何倍にも煽《あお》り立てる。

「はあはあ、なんて柔らかくて温かくて、揉み甲斐のあるおっぱいなんだ。玲のおっぱいは最高だよ」

「おじさまにそう言ってもらえて嬉しいっ、アンンッ、でも強くしないでええ」

それにしても、玲のこのふくよかな乳房の感触はどうだ。

百十センチHカップの巨乳なのに、肌理《きめ》細かで絹の如き肌触りだ。まったく、けしからん」

「まだ女学生のくせに、こんな最高のおっぱいとはけしからん。まったく、けしからん」

「はああんっ、そんなにムニュムニュしたら、私のおっぱいどうにかなっちゃいますううう」

「玲の身体がいやらしすぎるんだ。さあ、おっぱいの次はどんなことで感じていたんだい？」

「ええ、あの、それは……」

「全部見ていたんだろう。僕と美樹が最後に一つになるところまでね」

「ああ、おじさまが姉さんの上に重なって、それで……」

耳まで赤くなる玲は、乙女の恥じらいが邪魔をして、それ以上は言えないのだろう。

「重なって、どうしたんだい？、なにをしていたのかな？」

だが、羞恥に悶える美少女を見れば、さらいじめたくなるのが男というものだ。

「姉さんのお股の間に、おじさまの太いのがいやらしく出入りして、キャアッ」

「太いのというは、これのことかい」

スーツのズボンを下ろし、とっくにいきり立っていた自慢の逸物を見せつける。

「ひいいっ、いやあああっ、それはあああっ」

「暗闇で、しかも扉越しではよく見えなかったろう。これが美樹を毎夜貫いていたモノだよ」

赤黒く筋張った巨大な男の肉茎は、存在自体が生娘にとって畏怖《いふ》の対象だろう。

「はうう、信じられません。そんなすごいのが、姉さんの中にだなんて……」

「美樹も最初はそう言ってたよ。でもいまは、このち×ぽが、なにより好きな娘になったんだ」

なにも知らない少女を、牡のシンボルで圧倒するのは、最高に気分がいい。

「んんっ、おじさまのおち×ぽ、熱い。見てるだけで火傷《やけど》しちゃいそう……」

「見るだけでいいのかい。触れてみないとわからないだろう？」

「あうう、そんなっ、ああっ、手を引かないでください」

恐怖に怯える指を取れば、優しく灼熱《しゃくねつ》の男根へ導く。

「きゃあんっ、なにこれ、熱くて硬いのにビクンビクンしてますううう」

「これが、男のち×ぽだよ。優等生の玲でも知らないことは多いみたいだねえ」

「おち×ちんがこんなにすごいなんて。私、男の人についてなにも知らなかったんですね……」

誇らしげにそびえる怒張に魅了された少女は、メガネも感動に震えている。

「それはよかった。じゃあ、こんどは玲のことを知りたいな、とくにここをね」

「えええっ、ひゃあああんっ、そこはあああ」

乱れに乱れたスカートの中に指を差し入れ、乙女の最後の秘密を暴こうとする。

「ああんっ、ダメええ、はあああんっ」

「ふふ、美樹もここを刺激されると、かわいく鳴いてくれたよ。玲のも、いっぱい濡れているみたいだ」

ブラと同色のショーツは、ねっとりした愛撫のおかげか、もうぐっしょりだった。

「あんっ、やめて、おじさま。そんなことされたら、私……」

「やめてだなんて、僕が美樹にチ×ポを入れた途端、玲も大きな声をあげていたじゃないか」

「それはっ、ああ、気づかれていたんですか」

美樹に被さり、荒々しく腰を抜き差ししていたとき、玲の嬌声《きょうせい》はもっとも大きかった。

「あのときは、美樹にも聞こえるんじゃないかと思って、ヒヤヒヤしたよ」

「ふええん、そんなに大きな声を出していたなんて、恥ずかしすぎますううう……」

「必死に声を押し殺していたからね。気づかれないと思っていたんだろう」

どうやら、感じやすさは姉妹で共通しているらしい。

「美樹も恥ずかしい声をあげていたけど、玲はもっとあられもなかったね。どこが、そんなによかったんだい？」

「うう、そんなこと言えないですう。はあああん、指でクリクリしないでえええ……」

「言わないと、もっとクリクリしちゃうよ。ショーツもぐっしょり濡れて、これじゃあ履いてる意味もないな」

指を濡らすほど蜜を漏らす下着を引き抜けば、玲も逃げられないと悟ったようだ。

「はああ、おち×ぽ、おち×ぽですう。おじさまの太くて逞しいおち×ぽが、姉さんの中を出たり入ったりしてえええ」

「それを見て、いっぱいオナニーをしたんだね。気持ちよかったかい？」

「はいい、すごく気持ちよくて、私、どうにかなっちゃいそうでしたあ……」

うっとりした顔で告白する少女は、とても十七歳とは思えぬ色気があった。

半脱ぎにされた制服からはたわわな乳房が溢れ、切なげに太股をスリスリしている。

「ふう、僕ももうたまらないな。いますぐ玲を、めちゃくちゃにしたい」

「アン、おじさま、なにをっ」

実際、玲を車に乗せた段階ですでに、俺の息子は耐えられないほど勃起していた。

いま、女子高生の痴態を見せつけられ、欲望のボルテージは限界を超える。

「ぐふふ、なにをって、決まっているじゃないか。僕がいつもお姉さんとしていることだよ」

「はああん、待ってください。私、まだ初めてなんです……」

「知っているよ。誰でも初めては怖いものさ」

むしろこの初心な反応で、処女ではないと言われたほうがショックだ。

「そんなあ、ああんっ、そんな乱暴に拡げないでくださいぃ……」

おっぱいと同じぐらい魅力に溢れた太股を摑み、これ見よがしに拡げる。

くぱあっ、とはしたなく蜜こぼす秘割れは、俺に入れてくださいと言っているようだ。

「本当にぐちょぐちょだ。毛もほとんど生えていない幼い割れ目だというのに、生意気にもこんなに濡らすとは」

「いやああ、見ないでえ、おじさまあ」

「いっぱい感じているのに、入り口はこんなにぴったり閉じられて、しかも色はまだ綺麗なピンク色だ」

「ぐすん、そんなエッチに言われたら……はんんっ、太いのを当てないでくださいい、怖いですう」

少女の熱く密やかな蜜園に、なお熱い肉棒をヌチュリと押し当てる。

玲の細い肢体はそれだけの衝撃で痙攣し、いまにも果ててしまいそうだった。

「玲、いまお姉さんと同じにしてあげるよ」

「おじさま、お願い、優しく……ひぎいいいいいいっ」

すさまじい熱と質量を持った男根が、乙女の柔襞を切り裂き、挿入が開始される。

「ひぐうううううっ、はあああっ、おじさまっ、痛ああっ、声が出ちゃいますうううううう」

「大丈夫だ、すぐによくなる」

車内に少女の悲痛な声が響くが、無論途中でやめるつもりなどない。

むしろ腰をがっしり摑み、いよいよ力を込め、ズンッ、と奥の奥まで貫き通す。

「んぎいいいいいいっ、おじさまの硬いのが奥までえええええええっ」

「ぐうっ、さすがにきついな、女子高生のおま×こは」

「むぎゅううううっ、はあああ、もうダメッ、私の身体、どうにかなっちゃいますうううう」

破瓜《はか》のショックからか、軽いパニックになっているようだ。

人事不省《じんじふせい》の玲を尻目に、メリメリと音を立て突き進めば、ついに子宮口へ到達する。

「ふう、やったぞ、玲。僕のち×ぽが、全部君の中に入ったよ」

「はいいい、んんんぐううっ、でも痛いんですううう」

「よく頑張ったね、やっぱり玲は姉妹の中でも真面目でいい子だ」

「ああ、ひぐっ、おじさまに褒めてもらえて嬉しい……」

目に涙を溜めながら、俺に頭を撫でられ、心底から喜んでいる。

(少し手間取ったが、ようやく次女を俺のモノにすることができたな)

ずっぷりと逸物で貫きながら、美樹に続いて玲の純潔を奪えた感慨《かんがい》に浸る。

「いい具合だ。キツキツなのに中の襞はトロトロで、僕のチ×ポを咥え込んで離さないよ」

「うう、恥ずかし言い方しないで。でも、おじさまとひとつになれて夢みたいですう」

「毎晩覗いていたおかげだね。おま×こもよく解《ほぐ》れて、僕のち×ぽをちゃんと奥まで入れられるようになったよ」

「ああ、それ以上言わないでください。恥ずかしすぎて死んでしまいますう……」

自慢でもある極太チ×ポを、処女であっても受け入れることができたのだ。

これも、日頃のオナニーライフのおかげだろう。

「玲、動くよ」

「はい、んんんう、でもゆっくりい、あああああんっ」

「こんな気持ちのいいおま×こに、ゆっくりはできないな。君のすべてを味わいたいんだ」

「アンンンッ、おじさまのおち×ぽが、ガクンガクンしてますううううっ」

悲鳴にも似た驚愕の声が車外へ突き抜け、静寂《せいじゃく》とした木々の間にこだまする。

牡の剛直に貫かれ、純潔を奪われたばかりの少女は、官能の嵐に呑み込まれそうだった。

「はあはあ、腰が止まらないっ、玲のおま×こは具合がよすぎるな」

「はううんっ、おじさま激しいっ、いっぱいズンズンされたら、おかしくなっちゃいそうっ」

「そういう玲こそ、脚を僕の腰に回しているよ。なんてエッチな娘なんだ」

「アンッ、アアアンッ、恥ずかしいい、でも止められないんですううう」

官能の波に悶えながら、少女は流されまいと懸命に縋《すが》り付いてくる。

「まったく、まだ女子高生というのにこの乱れっぷり、僕も腰が止められないよっ」

「ごめんなさい。おじさまのおち×ぽを入れてもらえて嬉しくて、んんっ、ふううっ」

「んふっ、むちゅううう、玲、むううう」

いじらしくむせび泣く玲の姿にたまらず、熱いキスで唇を塞ぐ。

「アン、おじさま、もっとキスして、キスうううう」

「ふふ、ファーストキスがロストバージンよりもあとになってしまったね。クラス委員も務める優等生とは思えない」

「みゅううう、ふしだらな生徒でごめんなさい。でも、おじさまが大好きなのおおお」

「玲、そんなに僕のことを……」

痛苦を与えられながらも、一途《いちず》に俺への愛を訴える少女に、一抹《いちまつ》の情愛が芽生える。

（いや、感傷的になるな、思い出せ信彦。お前は爛《ただ》れた欲望でこの姉妹たちを汚すために、あの屋敷へ赴《おもむ》いたのだろう）

思わず野心が揺らぐが、眼前の少女はただひたすらに、俺への愛を乞《こ》うてくる。

「おじさま、ギュッてしてください。わたしを、あなた色に染めてええええええっ」

「玲……いくぞおおっ」

「はあああんっ、私の中が、おじさまのでいっぱいいいい」

猛然と繰り返されるピストンに、玲はもう嬌声を抑えることはしなかった。

「アアン、キャアアアアンッ、おち×ぽがズンズンしてええ、すごいいいいいいいっ」

「ああ、玲もすごいぞ。おま×こが、いっぱい吸いついてくる」

「ひゃああんっ、激しいいい、太くて硬いおち×ぽに、どうにかされちゃうううう
う」

玲のおま×こは、挿入を拒絶するように激しく絞り立てる美樹とは、まるで違う。

締まりは同じだが、ヌルヌルとまとわりつき、早く出してとおねだりしてくるのだ。

「おじさまああ、ああんっ、もっと、もっと私を、めちゃくちゃにしてええええ」

「おおっ、もっともっとしてやるぞ。玲をめちゃくちゃに犯してやるっ」

求めに応じるように首筋を吸い立てたり、見事に揺れるHカップを揉みしだく。

初夏のうららかな日差しの中、吐息の満ちる車中で俺たちは愛欲を深め合う。

「ひいいいんっ、おじさまのズンズンがまた早くうう、もうダメえええ」

「僕もダメそうだ、玲のおま×こに、いっぱい出してしまいそうだよ」

「おじさまも出そうなんですね。お願い、私の中にもいっぱい出して、姉さんみたいにいいいいい」

「ああっ、出してやるっ、玲を妊娠させるぐらいいっぱい出してやるぞ。おおおおおっ」

「きゃああああんっ、私の赤ちゃんのお部屋がノックされてますううううううっ」

もはや、優等生としての仮面をかなぐり捨てた玲は、牡に犯される一匹の牝だった。Hカップの爆乳を揺らし、男のモノに突かれ嬌声をあげるいやらしい美獣だ。

「ぐうううっ、出るっ、出るぞおお、玲いいいいっ」

「ひゃあああんっ、おち×ぽがまた深くうううう、そんなに入らないいいいい」

「ううっ、出る、お前の中で、いっぱい出るうっ」

「アンッ、アンッ、アアンッ、私もなにかきちゃう、きちゃいますうううう」

絶叫を響かせたあと、眼前で熱い火花がはじけ飛ぶ。

「あああん、おじさまのおち×ぽが、ドクンドクンッていっぱい出てるのおお」

「ふうう、玲のおま×こがギュウギュウに締めるからだぞ、たまらんっ」

「おち×ぽミルクが私の中にいっぱいい、もっとくださいいいい」

脳天を直撃する稲妻に打たれ、俺と玲はほぼ同時に達していた。

ビクビクと全身を痙攣させ、少女は激しすぎる性感の嵐に呑み込まれる。

「あああ、おじさま、好きです。もっともっと、愛してください……」

「わかったよ。玲の気のすむまで、気絶するまで愛してやるからな。覚悟するんだぞ」

アクメの快感に正気を失いながらも、虚ろな瞳で玲は俺を求めてくる。

その想いに応えるよう腰を動かし、再びの抽挿を繰り返すのだった——。

「さて、今日もいっぱい楽しませてもらおうか……」
いつものように真夜中の俺の寝室、目の前には色っぽい下着姿の美樹がいる。
今日は、黒のガーターベルトにストッキングという、艶やかな装いだ
「また私を呼び出すなんて、なんて破廉恥な人なの、ううっ」
静まりかえった屋敷内は、枕元を照らすベッドランプ以外に灯りはない。
しかしうす暗い闇の中でも、セクシーなランジェリースタイルの美女は煌めいている
「ふふ、そんなにツンツンしても、こうしてきてくれるじゃないか。美樹もずいぶん

馴染んだものだ」

「好き好んでここにきているんじゃないわ。だって、そうしないと妹たちが……」

「かわいい妹たちのため、かい？　でもそのわりには嬉しげじゃないか。美樹も期待してたんだろう？」

「誰も期待なんかしていません。勘違いしないでください」

どれだけ罵《ののし》られても、その後に待ち受ける美女の痴態を思えば、むしろご褒美だ。

当主ご自慢だったであろう豪奢なベッドから立ち上がり、傲岸《ごうがん》な態度で振舞う。

「さあ、おいで、美樹」

「いやあん、近寄らないで。キャアッ、そんなに抱きしめられたら……」

「抵抗しても無駄だよ、ふう、相変わらずいい香りだ、それにこの抱き心地も」

腕を伸ばし、怯える小鳥を胸の中へと抱きしめる。

「ううっ、また今夜もひどいことするんでしょう」

「ひどいことだなんて、美樹もいっぱい感じてくれているじゃないか」

「それはあなたがいつも無理やり、ひゃあんっ、ムニュムニュしたらダメえ」

「でも乳首はこんなにしこってきたよ？　ブラの上からでも、はっきりわかるぐらいにね」

「はああ、違うの、これは、こんなの私じゃないわっ、あああんっ」

子供がお気に入りの人形を愛《め》でるように、華奢な肢体を弄ぶ。

いくら逆らう素振りを見せても、もう可憐な雛鳥は抗《あらが》うことなど許されない。

「白くて滑《なめ》らかで、なんて綺麗なんだ。美樹の肌は、まるでお人形みたいだよ」

「んんん、そんなこと言われても嬉しくなんて、アンンッ」

「いい顔をしているねえ、その美しい顔が歪《ゆが》むのを見るのが好きなんだ」

「ひどい、ああん、それ以上強くしないでえ……」

美少女の怯えた表情に、股間の逸物はとっくにいきり立っている。

ナイトガウンの隙間から、いまにも暴発しそうな怒張を取り出し見せつける。

「ほら、ご覧、美樹」

「ひゃあん、またそんなものおっ、いやあああっ」

下腹で脈動する長大なシンボルを目にすれば、可憐な悲鳴をあげてくれる。

「美樹が、そんなにエッチな格好をしているからさ。綺麗な身体を早く抱きたくてね」

「ううっ、いきなりそんなものを見せつけてえ。どれだけ汚されても、おち×ぽに屈したりしないいんだからあ」

「まるでどこかの女騎士みたいなセリフだね。でもそのほうが、手籠《てご》めにする楽しみも増すというものだ」

この家にきてからというもの、美樹を抱かなかった夜はない。

乱暴にランジェリーを剝ぎ、強めに揉みしだけば、いまだ初心な反応をしてくれる。

「本当に素敵なおっぱいだ。柔らかいのに適度に弾力があって」

「ううんっ、ダメえっ、強くしないでえ。おち×ぽ、またビクンビクンしてるうう」

うら若い十代の生娘たちと交わることで、逸物も萎《な》えることを忘れたようだ。

熱い血潮が身体中に溢れ、剛直は一回りも二回りも太さを増した気がする。

「はああ、お願い、もうこれ以上は許して……」

「そうか、そんなにイヤならしょうがない」

目に涙を浮かべる少女に気が咎めれば、さっと離れる。

「ええ？　どういうことですか。いつもはどんなに嫌がっても、ひどいことするのに」

美巨乳を弄んでいた腕を突如引けば、美樹も訝《いぶか》しむ。

「ふふ、そんなにお気に召さないなら、今日は少し趣向を凝らしてみようと思ってね」

「趣向って、いったいなにをするんですか？」

「僕としても、美樹を悲しませるのは本望じゃないのさ。こう見えても、レディ・ファーストが信条なんでね」

「またそんなことを言って。もっといやらしいことをする気なのね」

「そうじゃないよ。さあ、入っておいで」

「はい……」

怪訝《けげん》な顔つきの美樹に微笑みながら、扉の方向へ声をかける。

すでに半開きになっていたドアが、合図に呼応《こおう》するよう、音を立てて開く。

「嘘、そんな……」

突如現れた意外すぎる訪問者に、美樹は二の句のもつげず、啞然《あぜん》とする。

「玲、なのね、どうしてここに」

「美樹姉さん、私……」

美樹と対照的な、白いランジェリースタイルの玲が、頬を染め立ち竦《すく》んでいる。

Hカップの美巨乳が不安げに揺れ、純白のガーターストッキングが彩《いろど》りを添える。

「君たち二人は、姉妹の中でもとくに仲がいいだろう？　だから、三人でいっしょに楽しもうと思って呼んだのさ」

「おじさま、それ以上は……そういうことなの、姉さん」

ほの暗い灯火に映し出された姉妹たちは、一幅《いっぷく》の絵画かと思うほど美しい。

ようやく正気へ戻った美樹が、険しい形相で詰め寄ってくる。

「ひどいわっ。私以外には手を出さないって、約束したはずなのに」

「おや、見解の相違だね。僕はそもそも約束した覚えなどはないけど」

「あんまりよ、こんなのって。私だけを愛してるって言ってくれたのにいい」

「待って、姉さん、違うの」

「なにが違うっていうの。私に黙って二人でいやらしいことをしてたんでしょう？」

隠れてセックスしていたのは美樹も同じだと思うが、それは問題ではないらしい。

「私の話を聞いて、お願いっ」

「あっ、玲？　ああんっ」

俺へ食ってかかろうとする姉の姿を、玲は後ろから優しく抱き留める。

最初は抵抗する素振りを見せた美樹も、やがて力が抜けたように、おとなしくなる。

「ふう、姉さん、私はおじさまに手籠めにされたわけじゃないわ。自分の意志で抱かれたの」

「自分の意志って、まさか、玲……」

「私たち姉妹がこれからもずっとこの家に住みつづけるには、これが最善だと思ったのよ」

「最善だなんて、そんなことのために男に抱かれるなんて。正気じゃないわ……」

「違うの。たしかにおじさまに私たちの後見《こうけん》になってくれるようお願いはしたわ。おじさまも、快《こころよ》く引き受けて下さったし」

「ほら、やっぱり見返りで身体を提供したのね。なんてはしたないのかしら」

自分のことを棚に上げて妹を責めるが、頬は恥じらうように朱《しゅ》に染まっている。

「見返りを求めてなんていない。私、美樹姉さんと同じになりたかっただけなの」

「同じって、まさか玲……私たちのこと、ぜんぶ知っているの？」

姉の疑念にコクリと頷く。

「うん、私ずっと見ていたわ。美樹姉さんが、夜な夜な嬉しそうにおじさまの部屋へ向かうのを」

「そんな、まさか、ああ……」

「ベッドの上で姉さんとおじさまがいやらしく絡み合って、んんっ、とっても羨ましいって思ったの」

これまでの痴態がすべて覗かれていたことを知れば、ああっ、とよろめく。

「うそ、嘘よ。玲に見られていたなんて、恥ずかしい……」

「落ち込まないで、私も姉さんと同じようになりたいの。おじさまに愛されたいだけなの」

「愛されたいだなんて、自分がなにを言っているかわかっているの、玲?」

美樹には悪いが衝撃に狼狽《うろた》えるたび、美巨乳がぷるんと揺れ、目の保養《ほよう》になる。

「もちろんよ。おじさまに抱かれているときの姉さん、とっても感じていたわ。あんなに、はしたない声まで出して」

「いやあああっ、言わないでえ、それ以上はっ」

「恥ずかしがらなくてもいいわ。姉さんだって、おじさまのことが好きなんでしょう?」

「なんてこと言うの。私がこの人のことを愛しているだなんて、ありえないわ。うう……」

必死に否定をするが、赤らめた頰のままでは、もはや説得力はない。

本心を見透かされ、力なく項垂《うなだ》れる美樹を見れば、完全に妹に屈していた。

「姉妹同士の仲睦《むつ》まじい会話はもう終わりかな。僕のほうも、そろそろたまらないんだけど」

い。


「アンッ、おじさまあ。またおっぱいムニュムニュって、はああ……」

目の前でさんざん扇情《せんじょう》的な肢体がチラつくのを見せられれば、逸物も我慢できない。

玲の耳元で囁き、美樹へ見せつけるようにして、ふわりと抱き寄せる。

「ふふ、もうかわいい乳首はピンピンだね。色っぽいガーターベルトも最高だよ」

「んんっ、おじさまのいうとおりに着ただけですう。キャン、そんなにクリクリしないでください」

「はあはあ、こんな綺麗で大きなおっぱいを見たら、辛抱しろというほうが無理だよ」

耳朶《みみたぶ》を嚙み、豊満なHカップを揉みしだけば、姉の前だというのに感じた声をあげる。

乳首を摘まみながら、グリグリと膨張したシンボルを桃尻に擦りつける。

「はうん、おじさまあ、私のお尻に逞しいおち×ぽが当たってますう」

「おっぱいだけじゃなく、お尻も太股も見事だ。すべてがムチムチしていて、玲の身体は触り甲斐がある」

「嬉しい、もっと愛してくださいいい」

「ああ、お願いやめて、玲……」

眼前で絡み合う妹の姿に衝撃を受けた美樹は、蚊の鳴くような声で切々《せつせつ》と訴える。

「おじさまあ、キスしてください、キスぅう」

「キスまでせがむとはいやらしい子だ、ぬふううう」

「むちゅううう、ああ、おじさま、大好き、愛してますぅ、んふうう」

「もうやめてぇ、玲っ。『お父様』とキスしていいのは、私だけなのよおっ」

耐えきれなくなった美樹は、ついに本音を吐露《とろ》してしまう。

「ほほお、いま僕をお父様、と呼んだね、美樹？」

「ええっ、それは……そんなこと……」

はっ、として口元を押さえるが、もう心の内は隠せない。

「口籠もらなくてもいいよ。美樹は自分を心の底から愛してくれるお父さんが欲しかったんだろう？」

「そんなこと、ううっ」

「美樹姉さん、自分に正直になりましょう。本当はおじさまのことが大好きで、お父さんのように思っているんでしょう？」

「玲ったら……ああん、そうよ、私だってお父様って呼びたかったの。でもいきなり、玲が現われるんだもん」

なんだかんだ言っても、美樹の心はとうに俺に靡いているようだった。

こうして妹になだめられ、素直に受け入れてくれたのがその証拠だった。

（もしかして、いままで反対していたのは単なるヤキモチだったのか？　かわいい性格をしているなあ）

「大丈夫よ、姉さん。私は、おじさまを独り占めする気はないの」

「玲ったら、殿方を独り占めだなんて、はしたない……」

「うふふ、安心して。これからは二人いっしょにおじさまを愛しましょう？」

「……まだ納得はいかないけど、玲がそこまで望むなら、って、きゃあああんっ」

「細かい話はもういいだろう。なんのために、君たちをここに呼んだと思っているんだい」

「やんっ、そんなムニュムニュしないで、お父様あ、んんんっ」

「はああ、おじさまおっぱい触られると、すごく安心しますうう」

勝ち誇った笑みで、居並ぶ二人の美少女へ手を伸ばす。

キスしたりおっぱいを揉んだりと、愛撫を繰り返し、甘い言葉を囁いてゆく。

「今日は二人で僕を楽しませてほしいな。美樹、いつものようにお口で頼むよ」

「ううう、わかりました。でも忘れないで、お父様の最初の愛人は、私なんだから」

「はい、姉さん、もちろんわかっています。それではおじさま……」

「ああ、僕のチ×ポも待ちきれないんだ。君たちにしゃぶってほしくてね」

唸《うな》りを上げる肉棒が先端から我慢汁をこぼし、牝たちを圧倒する。

「嘘、またこんなに大きくなるなんて、信じられない……」

「はああ、おじさまの、太くて熱くて、とっても立派ですう」

従順な愛玩動物と化した姉妹は、目を丸くしつつも、恭しく怒張の前へ跪《ひざまず》く。

「早くち×ぽへご奉仕してもらおうか。お父さんも、もう待てないんだ」

「ああ、おち×ぽ、いっぱいビクンビクンしてるの」

「うんん、わかりました、おじさま。んふ、んちゅううう」

「玲ったら、なんて大胆なの。私も負けられない、ちゅうう、ふむうううう」

「ううっ、ぐううっ、二人ともとても上手だよ。とくに玲は、初めてとは思えないな、ふうう」

（はああ、たまらんっ。こんな美しい姉妹を組み敷いて、俺のち×ぽへおしゃぶりさせるなんてっ）

表面は平静を装いながら、姉妹から受けるダブルフェラに、危うく漏らしそうになる。

「あん、むちゅううう、もうこんなにギンギンになってますう。おじさまのおち×ぽったらすごいの」

「こんな姉妹をいっぺんにだなんて、破廉恥すぎるわ。なんていやらしいおち×ちんなの、んむうううう」

仁王立ちした俺へ跪き、剛直へ奉仕するさまは、壮観《そうかん》としか言いようがない。

ほのかな灯りが絡み合う痴態を、淫靡な影絵として映し出す。

「ふふ、そうはいっても美樹のおしゃぶりも板についてきたじゃないか。これもいっぱい仕込んだおかげだねえ」

「そんなこと言われてもわかりません。おち×ぽにご奉仕するなんて、あなたが初めてなのにいいい」

「はいはい、お口がお留守になってるよ、お嬢さん」

「アンンッ、頭を抑えないでえっ、んぐううう」

いつものことだが、拒否する美樹に無理やり性技を仕込むのは、愉しいものだ。

ぐいと頭を摑み口腔を犯すイラマチオは、処女を奪ったときと同じぐらい興奮する。

「んうっ、んんんうっ、激しくしたら息ができませんっ。許してえ、お父様あ」

「ぐふふ、美樹のお口は温かくてヌルヌルしてて、おま×こみたいに気持ちがいいから、つい苛《いじ》めたくなるんだよ」

「そんな、私はただ、お父様に喜んで欲しいだけなのおお、むふううううっ」

洗練《せんれん》されたボディに、輝く容貌の美樹だが、どこか子犬みたいな雰囲気も持つ。見た目と裏腹ないじらしい態度に、つい嗜虐心が芽生えるのは仕方がないのだ。

「んちゅううう、おじさまあ、私のお口も楽しんでくださいね」

「くうっ、玲っ、そんな先っちょに吸いつくなんて、僕はまだ教えてないぞ」

「だって、おじさま喜んでもらいたいんですう。私はもう、おじさまの所有物なんですから」

一方の玲もまた、献身的なおしゃぶりで俺のモノに吸いついてくる。

「玲ったら、いつの間にそんないやらしいことを覚えたの。ああ、そんな嬉しそうにおち×ちんを舐めるなんて……」

「ぬふ、んんん、むちゅうううう、だってこの先っちょの裏側を舌でチロチロすると、おじさまったら、すごく感じてくれるの」

「ふう、一生懸命僕のち×ぽをチュパチュパしてくれて、どうやら玲は夜のほうも優等生みたいだね」

（クク、女子大生と女子高生の美少女姉妹を、こうして奴隷のように奉仕させるなど夢のようだぜ）

チロチロと二枚の舌が、いやらしく俺の逸物を這い回る。

それも、みんなが憧れる上級国民、久能家の美姉妹なのだから感動もひとしおだ。

「ううっ、では二人とも、お口のご奉仕はもうこれぐらいでいいかな。さあ、次へいこうか」

「んふっ、はふうう、次って、どういうことですか、お父様」

「アアン、もうちょっとおち×ぽおしゃぶりしたいですうう」

「決まってるじゃないか。お口のご奉仕の次といえば、ここだよ」

好色な顔のまま、さっきから目の前でふるふると揺れる双丘をムギュリと摘まむ。

「ええっ、キャアンッ、おじさまのエッチいい」

「ふああんっ、お父様あ、強くモミモミしちゃダメええ」

「フフフ、次は美樹と玲のこのたわわなおっぱいで、僕のチ×ポを愛してもらおうと思っているんだ」

ムニュムニュと二人の乳房を揉みながら、そそり立つ肉茎で、美少女たちを圧倒する。

「はあ、この感触、この芳しい香り。どちらも甲乙つけがたい美乳だな」

「私たちのおっぱいでおじさまのおち×ちんを、ああ、想像するだけでエッチなの」

「んんっ、なんていやらしいことを考えているの。やっぱりケダモノですう」

「そうは言っても、君たちのおっぱいも嬉しそうに震えているじゃないか。さあ、早くご奉仕しておくれ」

「キャンッ、胸におち×ちんを擦りつけないで、わかったからあ」

「太くて硬いのがグリグリしてますう。これを私たちのおっぱいで慰めればよろしいんですね」

従順な玲と違い、少しは渋るかと思ったが、美樹も意外とすんなり了承してくれた。

(これも、この数日、美樹を徹底的に調教してきたおかげだな)

「それでは頼むよ。ほら、早くするんだ」

「んんん、そんな、おち×ちんをブルンブルンしながら命令しないで」

「姉さん、でもなんだかおじさまに言われると、なんでもしてあげたくなっちゃうの」

「玲ったら、私だってお父様が喜んでくれるなら、んうっ、いくわよっ」

美姉妹は目を合わせつつ、それぞれの爆乳を持ち上げる。

ひとつ一キロはありそうな肉塊が四つ、俺の肉棒へ被さるさまに圧倒されそうだ。

「私たちのおっぱいでお父様のを、んふ、アアンッ、おち×ちんすごく熱いいい」

「おじさまのおち×ぽ、熱すぎるの、おっぱいが火傷しちゃいそう……」

「ふぉおおおおおっ、これはたまらんっ、ぬぐううううっ」

合図と共に柔らかすぎる膨らみ包まれ、あまりの快感に昇天しそうになる。

「おち×ちん、熱くて硬くて、おっぱいが溶けちゃううううう」

「うう、おじさま、これでいいんですか」

「はあはあ、いいぞ、二人とも。もっとおっぱいで扱《しご》くんだ、ううう……」

（くうううっ、おっぱいがプニュプニュして俺のチ×ポにまとわりつくっ、気持ちよすぎるぜっ）

女のもっとも柔らかい部分で肉勃起を刺激されれば、我慢できず天を仰ぐ。

「んっ、んんんっ、おっぱいでムニュムニュしたら、おちん×んがますます大きくなるのお」

「グチュグチュなのに、おち×ちんはガチガチで。おじさまあ、私いやらしすぎてどうにかなっちゃいますううう」

「はあはあ、ダメよ、玲、快楽に負けたら。心だけは、ふしだらにならないようにしなくちゃ……」

「そういう姉さんも、おち×ちんをあやしてる顔はとってもエッチよ」

「アアアンッ、だって、こんなに熱くて元気いっぱいのおち×ぽ、初めてなのお」

美巨乳で直接怒張の熱を感じたせいか、姉妹の頬も上気していた。

うっとりした瞳で見つめ合い、互いに性感の昂りを共鳴させている。

「二人とも興奮しているみたいだな。僕のチ×ポで貫いたときと同じ顔をしているぞ」

「そんなことっ、あんっ、腰を動かしちゃダメえ、おっぱいで包めなくなっちゃう」

「ああん、おっぱいムニュムニュでおち×ちんもグリグリして、いやらしい」

「心配しなくても、パイズリがよくできたら、あとで二人とも平等にチ×ポを入れてあげるよ」

「誰がそんなっ、私はあなたのおち×ちんなんて、アンン、玲？」

「姉さん、正直になりましょう。私たちもう、おじさまのおち×ぽ無しじゃ、生きていけなくされてしまったの」

姉の髪を撫でたり頬にキスしながら、玲は穏やかに説得する。

理知的に煌めくメガネの向こうで、なにやらレンズが底知れぬ輝きを放っている。

「嘘よ。私が男のおち×ぽになんて、アアンッ」

「んふう、認めましょう。こんなに熱くてビクンビクンしてるおち×ちん、夢中になっちゃいそう……」

「んんんっ、私が夢中になるのはこのおち×ぽだけよ。お父様の物だけなのおおお」

やはり、美樹は口では嫌がっても、俺のち×ぽの虜になったようだ。

女同士の甘ったるい会話を繰り返しつつ、発情した瞳になれば、興奮も増す。

「ううっ、いいぞ、美樹、玲。僕もそろそろイキそうだっ、このおっぱいに出してやるぞ」

「キャンッ、いきなり激しくしたらダメえ、おっぱいがおち×ぽで擦れちゃううう」

「ひゃうんっ、おじさまあ、強くコスコスしたら熱いいいい」

「もう我慢なんてできるかっ、一刻も早くこの綺麗なおっぱいを汚してやるっ」

「ああんっ、おっぱいから真っ赤な先っちょがピョコピョコ出てますう、すごいいい」

「私たちのおっぱいでも包みきれないなんて、元気すぎるわあ、このおちん×ん」

GとHの爆乳すら押し返す鋼《はがね》の如き剛直に、少女たちはただ驚愕するだけだった。

腰を激しく前後させ、最後の瞬間へ昇りつめる。

「くううっ、出すぞっ、お前たちのおっぱいは最高だっ、うぐううっ」

「んんんっ、出して、おじさま。私たちを、おじさまのおち×ぽミルクで溺れさせてえっ」

「おち×ちんがビクンビクンって、いまにも破裂しちゃいそう。こんなにいっぱい腫れてるうう」

「ふぉおおっ、出るううっ、男の射精をその目に焼き付けるんだっ」

「はい、わかりました、おじさま。あああん、先っちょがぱっくり割れてミルクがいっぱいいいいいいい」

「ひゃあああんっ、白いミルクがビュクビュクっていっぱい出てるうううううう」

絶叫と共に、長大な砲身から天へ向かって白濁液が噴き上がる。

「はああん、んんん、まだ出てるう。おち×ぽからミルクがたくさんっ、あふううう」

「こんなにドピュドピュしちゃうなんて、なんて底なしのおち×ちんなのおおお」

「はあ、ぐうう、まだ終わっていないぞ。最後の一滴までおっぱいで搾り取るんだっ」

「キャアアン、またおっぱいに、私たち、おち×ちんミルクまみれにされちゃいますううう」

「かけてえ、いっぱいミルクをかけてえ、おじさまおち×ぽミルク最高ですううう」

淫らな下僕《げぼく》と化した美樹と玲は、吐精を神聖な現象を讃《たた》えるように見守っていた。

白濁液を浴び、身も心も汚されながら、爆乳姉妹の美しさは損なわれていない。

「はああ、ふうう、すごくよかったぞ、二人とも」

「おじさまのおち×ぽもすごすぎますう。ミルクでいっぱい汚されてしまいました」

「私もですう。危うく、たくさんのおち×ちんミルクで溺れちゃうところでしたわ」

「ふふ、それは君たちのパイズリが気持ちよかったからさ。美樹も玲もよくできたね」

「あ、おじさまの手のひら、お父さんみたいで温かいです。うっとり……」

「もうっ、お父様あ、玲だけじゃなくて私も撫でてください。はああ」

吐精後の気怠《けだる》い感覚のなかでも姉妹を褒めてあげれば、子供みたいに喜んでくれる。

白濁液まみれの顔で俺の手にじゃれつく姿は、実の娘を愛でているようだ。

(かわいいじゃないか。肉欲のためだけにこの家にきたはずが、これじゃ本気でこの娘たちの父親役を演じたくなってしまうな)

自身の心境の変化に戸惑いつつも、決していやな気分ではない。

「おじさま、おち×ちんが、またこんなにカチカチ。まだ出し足りないんですよね」

「私たちをミルクまみれにしたおち×ぽが、もうこんなに。これ本当のお父様のおち×ぽなのね」

「はは、当然だろう。これから美樹たちを、このチ×ポでいっぱい鳴かせるんだから」

（そうだ、俺はこの美しい姉妹を征服するために、この家にきたのだ。自身の精液ですべてを塗り潰すために）

浄化されかけた胸の思いが、再び黒々とした情念となって広がる。

「じゃあ次は、ベッドへ行こうか。君たちの大好きなチ×ポを、たっぷり入れてあげるよ」

「キャッ、いきなり押し倒さないでください。お父様ったら強引……」

「おじさまったら、逞しいです。でも、もう少し優しく、アアンッ」

「そういう君たちこそ、いやらしい顔で僕のチ×ポを見てるじゃないか。欲しいんだろう、この立派なち×ぽが」

広々としたベッドに倒されれば、白く艶やかな肢体がほのかな灯りに晒される。

極上の美少女たちがしどけなく横たわる姿は、まさに絶景だ。

「ああ、また今日も、このガチガチおち×ぽに犯されてしまうのね」

「姉さんたら、けっこう嬉しそう。ほんとは、おじさまのおち×ぽを待っていたんでしょう？」

「言わないでっ。わたしがもう、このおち×ちんに堕とされてしまったなんて。ううっ」

「ずいぶん芝居がかった嘆《なげ》き方をするな。では、どれだけ感じているか見てあげようね」

「きゃあああっ、いやあああん、脚を拡げちゃいやあああ」

細い足首を摑み拡げれば、純白と漆黒の布帛をひといきに剝ぎ取ってしまう。

ガーターストッキングに包まれた美脚の奥に、大輪の花が広がっていた。

「おやおや、パイズリだけでこんなに濡らすとは。つい数日前までは、なにも知らない清楚なお嬢様だったのに」

「やめてえ、お父様あ。そんなに見ないで、あああん」

「何度も出し入れしたのに、処女だった頃と全然変わらないな。綺麗だよ、美樹」

「綺麗だなんて言われて私が喜ぶとでもっ……あああん、嬉しいですぅう」

「ふふふ、もう完全に身も心も僕の物になったようだねえ。かわいいよ、美樹」

モデルらしい引き締まった太股と、可憐に息づくめしべは見飽きることがない。

「おじさま、私の花びらも見てください、んんっ」

「玲っ、なんてことを、自分から脚を拡げるなんて。ああ、破廉恥な……」

姉に負けじと、恥じらいつつお股を開く妹に、美樹も驚く。

「おじさまのおち×ぽを扱いたら、身体が熱いんですう。もう我慢できません、早くください……」

「アン、ダメ、お父様のおち×ぽ入れてもらうの、私のほうが先よお」

「どうやら二人とも、僕のち×ぽに夢中になったようだねえ。そんなにいやらしく腰をフリフリするなんて」

咲き乱れる十七歳と十九歳の淫ら花の饗宴《きょうえん》に、理性も一瞬で吹き飛ぶ。

「そんなに欲しいなら、いますぐ僕のち×ぽを入れてあげるよっ。さあ存分に咥えるといいっ」

「ひゃあああんっ、おち×ちん、昨日よりも太いいいいっ」

激しく腰を突き出し、いまだ密やかに閉じられた蜜園を蹂躙する。

獣欲に駆り立てられるまま滾《たぎ》る逸物は、美樹の秘割れを容赦なく貫いてゆく。

「アンッ、ひぐううっ、太いのに熱くて、ドクンドクンしてますううう」

「フフ、妹の前でそんな大きな声を出すなんて、はしたない姉さんだね」

「アアアンッ、いいの、いいんです。もう私、みんなから慕《した》われる姉ではなくなってしまったのおお」

「姉さん、なんていやらしいお顔。でも、おち×ぽで感じている姿もかわいいわ、はあ」

「アアン、見ないで、玲。おち×ぽ入れられて、感じてる私を見ないでえええ」

姉妹が互いを思う姿は、心が洗われるほど美しい。

もっともっと、自慢の淫棒で少女たちを汚したくなる。

「お願い、おじさま。私にも早くおち×ぽください、アアアンッ」

「ふう、まったく、少しは待てないのかい。玲は優等生なのにエッチのときは子供に戻ってしまうね」

「だって、たまらないのお。姉さんのおま×こに、おじさまのおち×ぽがズブズブしてるところを見たら、指が止められないんですううう」

発情した顔の玲は待ちきれないのか、お股に指を差し込み、自分で慰めている。

次女のオナニー姿を見ながら、長女を逸物で貫けば、早くも限界を迎えそうだ。

「くううっ、なんてスケベな姉妹なんだっ。いいだろう、今日は朝まで、たっぷりおま×こに中出ししてやるからなっ」

「きゃああんっ、おち×ぽいきなり激しくズンズンしないでええええ」

あられもない痴態に獣欲が疼き、ピストンはさらに速度を増す。

激しく交わり合う深夜の密室で、雛鳥の囀りを聞きながら腰を動かすのは絶品だ。

いつしか時の経つのも忘れ、美姉妹の肉体を際限なく貪っていた——。

第三章　アイドル志望のナマイキ処女

　朝の爽やかな陽光は、爛れた日常に耽る男の頭脳を正常に戻す力があるようだ。

「いい眺めだ。こうして初夏の風を受けながら飲むコーヒーは、格別だね」

　たっぷりの光を浴び、満足げに食後のコーヒーの香りを嗜《たしな》んでいる。

「広い家に広い庭、そして周りに侍《はべ》るのは麗しの美少女たちとくれば、ここは男の理想郷かもしれないな」

　華美《かび》を絵に描いたようなダイニングで朝食をすませ、心地よい愉悦に浸っていた。

　手入れの行き届いた庭を眺めつつ、成金感に溢れた感想を吐く。

「おじさま、コーヒーのおかわりはいかがですか？」

　コーヒーメーカーを持った玲が、甲斐甲斐《かいがい》しく俺の世話を焼いてくれる。

「ありがとう、玲。でも健康のことを考えて、コーヒーの飲みすぎには注意してるんだよ」

「そうですか。なにかあったら、おしゃってくださいね」

（玲も最近ますます艶めいてきたな。濡羽色《ぬればいろ》の黒髪も輝いていて、頬もいくらかふっくらとしてきた）

これも、俺が毎夜抱いてきたおかげだと思えば、朝というのにまた兆しそうになる。

（いかんな。ここのところ乱れた生活を送ってきたせいか、爽やかな朝に相応しくない思考をしてしまう）

もっともダイニングには、俺以外にも朝にしては深刻な会話をする者たちがいる。

「澪、今日も遅いの？　休日ぐらいは、ゆっくりお休みしてもいいのに」

「ごめんね、美樹姉。でも、デビューまで時間もないし。大丈夫、門限までには戻ってくるわ」

「だといいんだけど。最近とっても疲れてるみたいだし、心配なのよ」

「もう、美樹姉ったら、ほんと心配性だよね。でも、いっしょにデビューする仲間たちに迷惑はかけられないもの」

「そういえば、メンバーの子たちは澪と同い年ぐらいだったね。みんな、すごく仲のいいお友だちだったわ」

「そうよ。みーんな美樹姉よりも若いんだから、少しぐらいの無茶なんてへっちゃらですよーだ」

「まあ、澪ったら。でもそれだけ元気なら、大丈夫そうね」

同じテーブルで相対しながら、美樹と澪はわざと離れた位置に座っている。

まるで俺など眼中にない雰囲気で、姉妹だけの会話に熱中していた。

「相変わらず仲がいいねえ、君たちは。なんなら、僕が送ってあげてもいいんだよ？」

「けっこうです。誰があなたといっしょの車になんて」

この家にきてもうひと月ほどになるが、三女の澪はいまだ俺に敵意を向けてくる。

姉妹揃って亜麻色の美しい髪をふわりと靡かせ、俺の台詞を言下《げんか》に否定する。

「それは残念だ。他の子はみんな僕に懐いてくれたというのに、もう少し澪とも親睦《しんぼく》を深めたいと思ったんだけどねえ」

「うう、懐くなんて嘘っぱちよ。そうでしょ、美樹姉、なんとか言ってあげて」

憤然《ふんぜん》と立ち上がるが、迫力よりはむしろ少女らしい色香を感じさせる。

薄手のタイトニットにミニスカと露出の高い格好だが、どこか清楚な雰囲気なのだ。

「澪、たしかにお父様は意地の悪いところもあるけど、そんな悪人じゃないわ」

いつしか美樹も、俺のことを『お父様』と呼んでくれるようになっていた。

十九の娘に父親呼ばわりはこそばゆいが、それだけ従順になってくれたのだろう。

「意地が悪いと言っておきながら悪人じゃないとか、ずいぶん怨念の籠《こも》った台詞だね」

「だって、本当に意地悪じゃないわ。お父様、あまり澪をいじめないであげてください」

「美樹姉もこの人を庇《かば》うの？　信じられない……」

「そうよ、澪。おじさまに、そんな口の利き方をしちゃダメじゃない」

姉妹の中でも玲だけは、なにがあっても味方をしてくれる。

食事から夜の生活まで寄り添う姿は、もはや俺の側女《そばめ》と言っても過言ではない。

「玲までそんなこと言うのね。最近やたらこの人にベタベタしていて、不潔よお」

「澪ったら、不潔だなんてひどいわ。私はただ、おじさまと仲よくなってほしいだけなのに」

「仲よくなんてなるわけないでしょ。うう、みんなで私を裏切るんだからあ」

「よしよし、泣いちゃダメよ、澪。これからレッスンに向かうんでしょ」

美樹に慰められ、澪も機嫌を取り戻したようだ。

「ごめんなさい、おじさま。澪はもうすぐデビュー予定のせいか、最近落ち着きがないんです」

「ありがとう、玲、気にしてないよ。そういえば、咲良はもう友だちの家に出かけたのかい？」

「ええ、約束があるとかで、朝早くから飛び出していったんです。本当にしょうがない子ですね」

「ふふ、子供らしくていいことさ。ご近所であれば、女の子一人でも安全だよ」

和気藹々《わきあいあい》と家族の団らんに不満げな澪は、ここにはいられないといった顔になる。

「私もう行くわ。美樹姉、遅くなると思うから、晩ご飯は別にしておいてね」

「ええ、気をつけてね」

「行ってらっしゃい。毎日大変だろうけど、僕も陰《かげ》ながら応援してるよ」

ふんっ、と捨て台詞を残しながら、バッグを持ってレッスンへ出かける。

（うーん、やはり後ろ姿もいいな。スタイルのいい澪は、こうして眺めるだけでも楽しめる）

ミディアムボブのサラサラヘアは、陽光を浴びて輝いている。

凹凸のはっきりしたスレンダーな肢体、そして匂い立つ芳香に、思わず目が眩《くら》む。

(澪か……これまで美樹や玲ばかりをかまってきたが、そろそろあの娘も食べ頃だな)

バストサイズは姉たちほどはないが、長身ですらりとした体型は別の魅力がある。

出かける美少女を見送りながら、俺は心の中で舌なめずりしていた。

「澪ったら、最近はどうも、デビューステージのことで頭がいっぱいみたいで……」

「いや、夢にまで見たアイドルになれるのなら仕方ないさ。僕も心配しているんだ」

芸能界志望の澪は、事務所からスカウトを受け、めでたくデビューが決定したのだ。

「こうやって休みの日も、ダンスや歌のレッスンで養成所に通うなんて、熱心で真面目な子じゃないか」

「はい。澪も小さい頃からの夢がかなったって、喜んでいました」

「そうか。なら『父親』代わりとして応援してあげないとな」

(美樹も最近は従順だからな。あれぐらい反抗的な娘を無理やりねじ伏せるのも、悪くはない)

邪《よこしま》な算段を巡らせたいが、ここでは少々雰囲気が爽やかすぎるな。

「おじさま、どちらへ?」

「少し考え事がしたくてね。たしか、この家には書斎があったはずだよね?」

「はい。二階の南にある小さな部屋ですけど」

「では、そこで休ませてもらうよ。ああ、お茶もいいから。しばらく一人になりたいんでね」

「わかりました。お掃除はしてますけど、しばらく使ってないんですよ」

「お父様。書斎は少し埃《ほこり》っぽいかもしれませんけど、使用する際はお気をつけてくださいね」

訝しげな美樹と従順な玲に微笑みながら、俺はリビングをあとにする――。

「ここが書斎か、家主もいないのに小綺麗だな。不在後も手入れはされてたみたいだが」

カーテンからそよぐ穏やかな風が、クラシックの音色みたいに耳をくすぐる。

身丈を超える書架に厳《いか》めしいデスクは、見た目だけは重厚《じゅうこう》そうな雰囲気ではある。

「しかしまあ、無駄に本を集めたものだ。どれも、読んだ形跡すらない」

堆《うずたか》く積まれた読まれもしない書籍に呆《あき》れるが、居心地は悪くはない。

持ち主の俗物根性を表すような部屋だが、家具や内装はどれも一流のものだ。

「でも、この雰囲気は嫌いじゃない。特にチェアの座り心地は、考え事をするには最適だな」

上質な椅子に腰掛けリラックスすれば、これからのことに謀《はかりごと》を巡らす。

「澪、か……美樹や玲は上手くいったが、あの子はどうしたものかな」

玲の話では、週に数度、ダンスや歌のレッスンでスクールに通うらしい。

「だとすれば狙うのは、その行き帰りということか」

うーんっ、と身体を伸ばしながら独りごちる。

「美樹のように力ずくで自分の物にしてもいいが、それでは興《きょう》が冷めるな。やはり、玲と同じく偶然を装って……」

淫らで邪な妄想を考えていると、澪の見事なスタイルが頭に浮かぶ。

十六歳とは思えぬメリハリのきいたボディは、スカウトされるだけのことはある。

（ふふ、それにしてもやはりこの家にきてよかった。美人姉妹を一人ずつ手籠めにできる喜びを味わえるんだからな……）

魅惑的なボディラインを頭に描くだけで、股間の逸物も兆しそうになっちまう。

「パパ、どうしたの？　難しい顔してるよ」

不意にシートの後ろから、にやついた顔の不審者へ声がかけられる。

不思議そうな目をした咲良が、にょっこり現われる。

「うわっ！　誰かと思ったら咲良かい。びっくりさせないでくれ」

朝早く出かけたと思ったら、いつの間にか側にいる少女に腰を抜かしそうになる。

「うふふ、パパが書斎に行くのが見えたから、脅かそうと思ってえ。咲良は忍び足がとっても上手なんだよ」

人を驚かしたことで、してやったりといった表情だ。

気配を感じさせない挙動《きょどう》にしなやかな仕草は、なるほど本物の猫のようだ。

「はは、それは驚いたな。そのお洋服も、なんだか猫みたいだよ」

淡いベージュのゴスロリワンピースは、少女を人懐っこい子猫に見せてくれる。

亜麻色のかわいいツインテールも、いつにも増してかまってほしげに揺れていた。

「でも今日はたしか、お友だちの家へ遊びに行くとか言って、出てったんじゃなかったっけ」

「行こうと思ったけどやめちゃった。ヨーコちゃん家に行っても、つまんないんだもーん」

「おや、ひどいなあ。あとでちゃんとお友だちには謝るんだよ」

気まぐれなところはまさしく猫だな、と心の中で思う。

「だってえ、咲良は中学生なんだからお人形遊びなんて、もう卒業したのにい」

「はは、そのほうがかわいげがあっていいじゃないか。うん、咲良自身がお人形みたいにかわいいからね」

「むう、パパまで咲良のこと子供扱いするんだあ。ああん、頭撫でないでえ」

「ごめんごめん、でもしようがないよ。さらさらの髪で、すごくいい匂いがするからね」

最初は嫌がっていたナデナデも、いまではすっかりお気に入りみたいだ。

「ふみゅうう、なんだか不思議い。パパに頭を撫でられると、フワフワして気持ちいいのお」

いつの間にか、俺の懐へ飛び込み、本物の猫みたいに抱っこされる。

蕩《とろ》けた顔つきの少女に、さっきまでの邪悪な企《たくら》みが嘘のように浄化されていた。

「目がトロンとしてきたね。そんなにいいなら、もっとしてあげるよ」

「んふふふ、もっと撫でてえ。パパの手のひら、すごくいいのお」

窓からこぼれる風が柔らかな頬を打ち、穏やかなひとときが流れる。

このまま淫らな企《くわだ》てなど忘れ、幼い娘と二人っきりですごすのも悪くはない。

「ね、パパ、ナデナデもいいけど、咲良もっと大人なお遊びもしてみたいな」

「なんだい、大人って。咲良ぐらいの子の遊びというと、おままごとかなにかかな」

「くす、それはねえ……」

子供の他愛ない戯《たわむ》れかと思った瞬間、少女は見たことのない笑みを浮かべる。

ただの幼子と思っていたのに、その蠱惑《こわく》的な笑みにドキリとする。

「うふふ、それはねえ……キ・ス、してみたいなあ」

「咲良……冗談、なのかな。いくら僕がパパといっても、それはねえ」

いきなりの発言に内心動揺するが、そんな顔はおくびにも出さない。

「咲良ねえ、見ちゃったんだ。パパがお姉ちゃんとキスするところ」

「む、なんだって、いったいどこでだい？　見間違いじゃないかな」

「もう、間違いなんかじゃないもーん。咲良、見ちゃったんだもん」

少女の意外な一面に戸惑うと、咲良はつぶらな瞳でこちらの顔を覗き込んでくる。

（おいおい、そんな瞳で見つめられたら、少女趣味のない俺でもどうにかなりそうじゃないか）

汚れのない黒く大きな瞳は、ロリータ盛《ざか》りの魅力に溢れている。

「見たって、なにをだい？」

「昨日の夜、おトイレに行きたくなって目が覚めちゃったの。そしたら、部屋の前でパパと美樹お姉ちゃんが、キス、してたの……」

（まさか、あのときのか。しかしまさか咲良に見られたとは……）

たしかに美樹を部屋へ呼んだ際、ご褒美としてキスしてあげたことがあった。美樹のほうも素直に喜んでくれたから、つい長めのキスをしてしまったのだ。

「そんなこともあったかなあ。寝ぼけたんじゃないのかな？」

「寝ぼけてないもん。パパもお姉ちゃんもキスに夢中だったし、咲良、本当に驚いたんだからあ」

ついしらを切ろうとするが、すり寄ってくる咲良は俺を逃そうとはしてくれない。可憐なフリルのヒラヒラが喉元をくすぐれば、つい首をすくめてしまう。

「それで、咲良もキスをしたくなっちゃったのかい？」

「うん、お姉ちゃん、あのときすっごく幸せそうだったの。咲良もそんな経験してみたいの……」

いつしか十二歳の少女の横顔は、イタズラな小悪魔のそれへ変わっていた。

「ダメだよ。キスは大人になってするものなんだから、咲良にはまだ早いよ」

「ヤダーッ、咲良だってもう子供じゃないもん。パパとキスしたいのー」

イヤイヤすれば、ふるふると揺れるツインテールが頬に当たり心地よい。

（まさか咲良のほうからおねだりしてくるとは、でもこれはチャンスかもしれない

な)

もともと懐いていた咲良だが、さすがに関係を持つには幼すぎると思っていた。

「咲良、あんまりわがままを言うものじゃないよ。そんなことお願いされたら、パパも困ってしまうよ」

「あふん、パパあ、だって咲良、早く大人になりたいんだもん」

まだ産毛《うぶげ》の生えた柔らかな頬を撫でながら、慈愛の込めた顔つきで諭《さと》してあげる。柄にもなく父親みたいな真似をするが、幼い少女にはむしろ好意を得やすいだろう。

「キスをすれば、大人になれるわけじゃないんだけどねえ。どうしてそんなふうに思ったんだい？」

「それはあ、この間、お友だちの中でキスした子がいるとかいないとか、そんな話題で盛り上がっちゃったの」

「ふうん、そのお友だちもずいぶんと進んでいるね。キスした子というのはほんとにいたのかい？」

もう中学生なのだから、キスどころか初体験まですませた子もいるかもしれない。

もっとも咲良の幼さを見れば、まだ初恋に憧れる少女たちの夢物語に近いのだろうが。

「わかんない。でも咲良、キスはまだって言ったら、子供扱いされたんだもん」

(ああっ、もうっ、かわいいなあっ。こんな甘ロリ服が似合う美少女を抱っこしながら話せるとは思わなかったぞっ)

さっきから幼い仕草のひとつひとつが、ロリータの魅力に溢れている。

思わず強めに抱きしめたくなるが、それでは手のひらの中の小鳥を逃す恐れがある。

(ここはひとつ生真面目なパパな顔のまま、好奇心を刺激しつつ、望む方向に誘導しよう)

頭の中では澪をどうするか考えているが、幼い少女へのイタズラも楽しいものだ。

「わかったよ。咲良がそこまでいうなら、ね」

「アン、パパ、それじゃあ……」

「どうしても咲良が大人になりたいって言うなら、パパがその手助けをしてあげるね」

「ホント? 咲良、大人の世界に興味があったの。パパとキス、してみたいの」

目を輝かせ、満面の笑みを讃える少女は心の底から嬉しそうに見えた。

「じゃあ、咲良、もっとこっちへ」

「ヤン、パパに改めて見られると、なんだか恥ずかしいな……」

「ふふ、急にしおらしくなったね。でもそのほうが咲良らしいよ」

「だって初めてなんだもん。パパあ、優しくしてほしいの」

小さな少女は人形のように抱っこされながら、男の胸の中で初めてのキスに臨《いど》む。

「わかっているさ。さ、身体の力を抜くんだよ」

「はい、こうでいいですか？」

「うん、素直でいいねえ。もっと顔を上げて……」

いつの間にか穏やかな日差しが、見つめ合う二人に優しく振り注いでいた。

血色のよい少女の赤い頬は陽光を浴び、キラキラと輝いている。

「パパ……」

「咲良、いい子だね。パパは、かわいい咲良が好きだよ」

「咲良もパパが好きぃ。あん、んむううううう」

初夏の風の吹かれ、ゆるりと流れる時のなか、汚れないロリータと唇を重ねていた。

柔らかい唇の感触に、可憐で華奢な肢体が、一瞬ビクリとする。

「んふ、んんんん、むうう、パパあ、これがキスなのお。身体中から力が抜けてくよお……」

「はあはあ、むちゅううう、そうだよ、咲良。これがキスなんだ」

「あん、キス、キスうう……」

ねっとりとベーゼを交わしながら、十二歳の少女の唇を吸う。

和毛《にこげ》の生えた幼い瞼が、キスの刺激でピクピクと揺れている。

「あふうう、パパ、咲良なんだか変。パパとキスしたら身体が熱くなっちゃうのお」

「変になってもいいんだよ、女の子はキスをするとみんなそうなるんだ。むふううう」

「ああん、んちゅうううう、パパあああっ」

ファーストキスに興奮するロリータは、もう俺のなすがままだ。

見計らうように軟口蓋を舌でこじ開け、そっと差し入れる。

「んふううう、それ以上入れちゃいやあああ、おかしくなっちゃうううう」

「おかしくなるのはいいことなんだ。美樹も玲もこうやって大人になったんだよ」

「おとな、んんん、咲良もおとなになるううう」

甘く蕩けるキスのなかで、咲良の頭も砂糖菓子みたいにトロトロになっている。

(たまらないな。美樹や玲のような女として完成した身体もいいが、こういう未成熟なボディを弄ぶのはまた格別だ)

魅惑のロリータを味わう喜びに浸れば、当の少女もキスの快楽にご満悦だった。

「はあああ、キスってこんなに激しいんだあ」

「そうだね。これでキスを体験したって、友だちには自慢できるよ」

「うんん、嬉しい。ありがとう、パパ」

(くうっ、美少女揃いの姉妹の中でも、ロリな末娘とこんな簡単にキスできるとは思わなかったっ)

興奮から逸物はギンギンに漲り、欲望のまま振舞えと唆《そそのか》してくる。

(いや待て、いきなり襲うなんて、そんなこと。でも、少しぐらいのイタズラなら……)

「パパ、どうしたの？　キャッ」

妄想に逡巡《しゅんじゅん》する男の顔を、邪気のない少女は不思議そうに覗き込んでくる。

「なんでもないよ。咲良の身体は小さくて軽いから、まるでお人形みたいだと思ったのさ」

「むうう、どうせ咲良は小さいもん、美樹お姉ちゃんや玲お姉ちゃんと違うもん」

「ふふ、拗《す》ねなくてもいいよ。僕は、そんな小さい咲良が好きなんだ」

「ホント？　咲良のこと、お姉ちゃんたちよりも好き？」

「もちろんさ。誰よりも愛してるよ、咲良」

「嬉しいっ、咲良もパパのことが大大大好きっ」

拗ねて見せたと思えば、今度は満面の笑みを浮かべたりもする。

猫の目のように変わる少女の機嫌に振り回されるが、そんな姿も愛らしかった。

「咲良に好きって言われると、パパもなんだか楽しくなっちゃうな。ああ、咲良」

「アン、パパったら、ギュッてしちゃいやあん。にゅううう、首筋に息がかかってくすぐったいよお」

「はあ、これがロリータの香りなんだね。なんて芳しいんだろう、ふうう」

甘ったるいフリルのゴスロリ服を抱きしめ、存分にロリータの香りを吸い込む。

本物のお人形みたいな愛くるしい少女の姿に、もう我慢できそうになかった。

「咲良、こっちを見てもらえるかい」

「うんん、パパ、どうしたの？」

長い抱擁《ほうよう》から解放してあげると、慈愛に満ちた父親の顔つきで少女を誘う。

「キスよりも、もっと大人なことをしたくないかな。咲良も大人の遊びに興味があるんだろう？」

「ふえ、大人の、遊びって……キスだけじゃないの？」

「そうだよ、大人はもっともっと楽しいことをしているのさ。でも、咲良がイヤっていうなら……」

「わかった。咲良、もっと大人なことをしてみたいな」

（ああ、なんて純真なんだ。人を疑うということをまるで知らないんだな。見た目どおりに子供だよ、咲良は）

改めて少女のピュアで無垢《むく》なありさまに、心の内で感極まる。

「パパ、それで、どういうことをするの？」

「ふふ、そんなに不安な顔をしなくてもいいよ。まずは、僕の前に立ってもらえるかな？」

「立つだけでいいの。でもどうして、パパ？」

「それはね、咲良の綺麗な姿を目に焼き付けたいのさ。さあ、立っておくれ」

「うん、わかった。これでいいのね」

怪訝に思いながらも、お願いされればパパの言うことには素直に従ってくれる。

腕の中から立ち上がり、ふわりとワンピースを靡かせ優雅に佇む。

「綺麗だよ。そのお洋服もよく似合っているね」

「やん、パパったらあ。そんなふうに屈《かが》んだら、スカートの中が見えちゃうじゃない」

眼前に立つ少女を見上げながら、改めて幼いがゆえの美貌に打ちのめされる。

恥じらいつつスカートを抑える仕草は、妖精かと思うほどだ。

「じゃあ次は、このヒラヒラなスカートを、指で摘まんで上げておくれ」

「ええっ、そんなことっ、恥ずかしいよお」

いきなりスカートをめくれと言われれば、乙女として絶句するのは当然だ。

でも強く望めば、咲良は断ることなどできないと確信していた。

「ふええ、どうしても、なの、パパあ？」

「言ったろう、大人はみんなこういうことをするのさ。恥ずかしいのは最初だけだよ」

「ううう、わかったの……」

少々面食らったが、薄ピンクのフリルスカートの端をちょん、と指でつまみ上げる。

躊躇《ためら》いながら、ゆっくりとヒラヒラのフレアスカートをまくし上げてゆく。

「ひうん、パパあ、なんだか変。背筋がゾワゾワしてくるよおお」

「いいよ、その調子でもっとスカートを上げておくれ。ああ、もう少しなんだ」

「あんんん、恥ずかしい。恥ずかしいのに止められないのおお」

ペチコートの裾から覗く細い脚は肌理細かく、目も眩むほどに煌めいている。

大好きなパパに促され、ピラリとスカートを上げれば羞恥も消えたみたいだ。

「はああ、見られてるの、咲良のお大事。んんん、ぜんぶ見られちゃってるうう」

「ああ、よく見えるよ。咲良のいけない場所までぜんぶ見える。綺麗な白いショーツだねえ」

「やあん、言わないでえ。咲良、どうにかなっちゃううう」

平日の昼間、閑《のど》やかな書斎でたまらなく淫靡な光景が展開されていた。

少女がはしたなくスカートをまくし上げ、這いつくばった男が懸命に覗き込む。

「清楚な白いショーツなのに、Vラインはずいぶん際どいね。子供が履くには、少し大胆すぎるんじゃないかな」

「だってえ、このほうがかわいいんだもん。みんなもこれぐらいだよお」

「最近の中学生は進んでいるなあ。ああっ、もうたまらないっ、咲良の白く美しい身体、パパに見せておくれ」

「キャアアンッ、そんなのダメえぇっ、イヤあああっ」

ロリータの悲鳴は、むしろ耳に心地よい。

十二歳の少女の肢体に理性を奪われれば、スカートの中へ頭を突っ込んでいた。

「むふうっ、これがロリータのスカートの中か。はああ、なんて芳しいんだ」

「ああん、ダメぇ、パパぁ、そんなところにお顔を入れちゃイヤあああ」

可憐な声と健気な仕草、そして純白の扇情的な布帛が、いつも以上に興奮させる。

「白くて細くてツルツルしていて、咲良の太股は触り心地がいいねぇ」

「ひゃあああん、ナデナデしないでぇえ、ゾワゾワしちゃうよおお」

いきなりスカートの中へ不躾《ぶしつけ》な男が入り、困惑の中にも声は上ずっている。

倒錯《とうさく》的な性に、咲良もまた感じているようだ。

「咲良の身体も震えているよ。こんなことで感じてるあたり、エッチだったんだねぇ」

「そんなこと言われてもわかんないいっ、ひゃあああんっ」

「ふふ、白いお腹がヒクヒクって動くのも、セクシーだ、んんん」

「キャッ、そんなところにキスしちゃイヤン」

白いお腹に華奢な太股、そしてヒラヒラなスカートの感触に、どうにかなりそうだ。

芳醇《ほうじゅん》なロリータの香りに、ずっと溺れていたい感覚に包まれる。

「ふふ、ではこっちはどうかな」

「あああんっ、そんなところまでなんてえええ」

鼻面を動かし、ショーツのクロッチをクリクリと擦れば、かわいい悲鳴があがる。

「もっとかわいい声で鳴いておくれ。それにしても、これがロリータの匂いなのか。なんだか頭がクラクラしてきたよ」

心なしか匂いを嗅ぐようにお股を刺激すれば、うっすら濡れたのかもしれない。

「もしかして濡れてきたのかな？　まだ子供なのに、いや、もう大人なのかな」

「んんんっ、お姉ちゃんたちも感じるると濡れるの？　ああんっ」

「そうだよ。女の子はエッチな気分が昂れば、はしたなくお漏らししてしまうんだ。咲良も感じやすいみたいだね」

「わかんないけど、パパのお鼻スリスリされて、なんだかすごくくすぐったいよおお」

「くすぐったいだけかい？　咲良のここは、ピクピクっていやらしく動いてるよ」

「わかんない、わかんないよおお。でもパパにスリスリされて、お大事がムズムズするのおお」

「お大事だなんて、かわいい言い方だね。どれ、そろそろ咲良の大切なおま×こを見せてもらおうかな」

「いやあああん、パパあ、そこはダメえええええ」

指先でショーツのクロッチを軽くずらせば、部屋中に響く悲鳴があがる。

乙女の大切な部分を露にしようというのだから、当然の反応ではあった。

「はあああっ、ううっ、これが咲良のおま×こっ」

薄暗いスカートの中に、無毛の幼い割れ目が白く浮かび上がる。紛れもないロリータのおま×こを前にして、思わず絶句してしまう。

「すごいね。ツルツルでタテ筋が一本入っているだけだ」

「ふえええん、パパに咲良のお大事、見られちゃってるうう」

「ああ、なんて綺麗なんだ。こんなに汚れないおま×こなのにいやらしくて……ふう」

「あん、指でクリクリされたらあっ、咲良変になっちゃううううう」

いつの間にか咲良の悲鳴も、どこか艶を帯びはじめている。

美樹たちのおま×こも年齢のわりに幼かったが、咲良は本物の少女のそれだ。

「ふふ、お姉さんたちも、おま×こを弄られてすごく感じてるんだ。咲良もいっぱい感じていいんだよ」

「身体がゾワゾワしてくるよお。これが大人の遊びなのおお?」

「そうさ、いっぱい感じれば、それだけ早く大人になれるんだよ。んちゅううう」

「きゃああああんっ、パパあっ、パパのお口が当たってるのおおお」

122

神々《こうごう》しいまでの清楚なおま×こに、いつまでも臆《おく》してはいられない。

舌を伸ばし、女神の聖なる割れ目へ口づけを捧げる。

「ちゅううう、んんむうう、ふう、少し濡れてきたね」

「濡れるって、なにい、咲良、どうなっちゃうのおお」

「心配しなくてもいいよ。おま×こをペロペロされて気持ちいいだろう？」

「わかんないけど、ムズムズでゾワゾワで、なんだか変になっちゃいそうなの」

初めて見せるオンナの顔に、とっくに漲る剛直はもうはち切れそうだ。

（はあ、もうダメそうだ。ち×ぽがもう辛抱たまらんっ）

涼しげなパパの顔で娘をあやすが、いきり立った怒張はもう収まりそうにない。

（咲良、パパがおち×ちんをシコシコしていることに、どうか気づかないでおくれ）

こそこそと目立たぬように、ズボンの中に手入れ自慰に耽る。

怒張から湧き上がる快感は、少年の日に行った、最初のオナニーの如き感動だ。

「ああん、咲良もう変になるうう。パパにお大事クリクリされて、どうにかなっちゃううううう」

「はあはあ、いいんだよ、変になっておくれ。咲良の感じた声や顔が、パパの喜びなんだっ」

「パパあ、んんんっ、ダメぇ、なにかきちゃう、きちゃうよおおお」

いまだ未成熟な咲良にとって、性的興奮は快感と戸惑いの両面が強いのだろう。

そう思えば、いきなり処女を奪わず、ゆっくりと確実に快楽へ溺れさせるべきだ。

(これ以上の行為はしてはいけない。綺麗なおま×こを目に焼き付けつつ、ちょっといい気持ちにさせるだけで、今日は十分だ)

「咲良、せめて最後は、パパのお口でイカせてあげるよ、んんんむうう」

少女も長くは保《も》たないと判断し、逸物を抜きながら無毛の割れ目へ舌を突き立てる。

「ひゃあああああああんっ、もうダメぇ、パパ、パパッ、パパああああああああ」

クニュリと舌粘膜が汚れない小陰唇に当たった瞬間、ロリータの肢体が跳ねていた。

「なんなのこれえええ、咲良おかしくなるよおおおおお」

「ううっ、くうううっ、咲良、パパも出るっ」

初めての快感に溺れる少女に、俺もズボンの中で最大限の喜びを爆発させる。

いつしかレースのカーテンも、変態的に絡み合う二人を嘲笑《あざわら》うように風にそよいでいた——。

日が傾き、街に影が差しはじめれば、初夏とはいえ肌寒い風が吹いてくる。

「さて、澪のレッスンも、そろそろ終わる頃かな」

書斎で咲良と戯れてから数時間後、駅前にある洒落《しゃれ》たビルの一角に俺はいた。

澪が通うダンススクールの前で、彼女がレッスンを終えるのを待っているのだ。

「こうしてまた偶然を装いつつ車に乗せてしまえば、玲と同じように、フフッ」

淫らな妄想で相好《そうごう》を緩める姿は、我ながら変態オヤジのそれである。

もっとも、これから十六歳の生娘の肢体を味わえるとなれば、当然の反応だ。

「おっと、そろそろ時間だな。では向かうとするか」

腕時計で時間を確認しつつ、目当てのビルのエントランスへ出向く。

(ここで待っていれば、エレベータから降りてくる澪と会えるな。そうしたら……)

幼い少女の身体を弄んだあとは、女子高生の魅惑のボディに食指が疼く。

俺の胸中は、これから起こる淫ら事への期待でいっぱいだった。

「おっといけない。だらしなく緩んだ顔では、落ちる女も落とせない。少し引き締めないとな」

頬を軽く叩き子羊の来着を待ち望んでいれば、エレベータのドアが開く。

「やあ、澪、奇遇だねえ。僕もここに用があってね、って、あれ?」

扉が開き、大勢の練習生と出てくる澪に声をかけようとした瞬間、表情が固まる。

レッスンを終え帰途につく澪の側に、同年代と思《おぼ》しき男の影を認めたからだった。

「ふう、危なかったな、気づかれてはいないか。でも誰だ？　隣にいる男は」

とっさに物陰へ隠れたせいか、会話に夢中の澪には気づかれなかったようだ。

仲よさげに手を繋ぎ、楽しそうに話す表情は、屋敷にいるときには見たことがない。

「どう見ても、ただの友人ではないな。ずいぶん親しそうじゃないか」

マッシュヘアに都会的なファッションは、今風のアイドルっぽい容姿だ。

察するに、澪と同じダンススクールに通う練習生といったところか。

「おいおい、気安く肩に触れるなよ。まさかと思うが、あんな軽薄そうな男と付き合っているのか？」

胸の内で嫉妬の炎が、メラメラと燃え上がるのを感じる。

「俺以外の男と付き合っていたとは。それも、見るからに薄っぺらい奴だな」

言っていて自分が惨《みじ》めになるも、二人をつけ回すことはやめない。

声をかけようかと思ったが、楽しげに話す澪たちに、その機会を逸《いっ》していた。

「それにしたって、なんでこんな探偵みたいな真似をしなくちゃならないんだ」

仲よく歩くカップルのあとを尾行するのは、とてつもなく哀れな気分になる。

自嘲《じちょう》気味に笑うが、これも大切な家族を守るためと、自分に言い聞かせる。

「いや、我慢するんだ、信彦。もし澪が学生の本分に外れるようなことすれば、そのときは注意しないとな」

さっきまでしていた淫らな妄想など都合よく忘れるが、それも俺の才能だ。

車の駐車料金がけっこうな額になるのを後悔しつつ、若いカップルの追跡を開始する――。


「ふう、近くの喫茶店でしばらく時間を潰したあとは、おとなしく家に帰るみたいだな」

ビルを出てから、ショッピングやカフェ巡りのあと、ようやく帰路についたようだ。日も完全に暮れ、時計を確認すれば、もう九時近くになる。

「ここは、我が家の近くか。どうやらデートのあとで、澪を家まで送ってやるみたいだな、あの男は」

夜になれば久能家周辺の高級住宅街は人通りが少なくなり、俺たち以外に人影はない。

「軽薄に見えたが、澪と会話するだけでなにもしないな。おまけに家まで送るとは、鼻持ちならない紳士ぶりだ」

尾行の間も二人の挙動を注視したが、手を繋いだり肩を抱いたりするぐらいだった。

「よもや、ホテルに直行するかと思ったが。さすがにそんなことはしなかったか」

自分のさもしいイメージで、若者の乱れた性を夢想したが、杞憂《きゆう》に終わったようだ。

長い追跡がようやく終わり、久能家の灯りが見えてくると、安堵《あんど》の息を漏らす。

「よかった、何ごともなくて。って、おい、まさか……」

だが次の瞬間、終わりかと油断していた俺は、衝撃の光景を目の当たりにする。

「んん、んふ、んんんん……」

「澪、むうんん……」

煌々《こうこう》とした街灯の下で、澪はあの軽薄な男とキスをしていたのだ。

壁際へ押しつけられ、貪るように唇を擦り合わせている少女の姿に驚愕する。

「んんん、淳《じゅん》くううん」

「はあはあ、澪、好きだよ」

(淳というのが男の名前なのか。それにしてもなんと破廉恥な、まだ高校一年生なんだぞ)

澪たちから死角になる壁の影に隠れ、自分のことを棚に上げげつつ、覗き見する。

少女がキスの官能に酔いしれれば、男の手がタイトニットの胸元をまさぐりはじめる。

「アン、そこは……」

「いいだろう？　今日は澪にいっぱい付き合ったし、そのご褒美が欲しいんだ」

「……うん、淳くんになら、いいよ……」

（なんてこった。俺の澪が、あんなどこの馬の骨とも知れない男と）

啞然とし絶句する俺を尻目に、二人の行為はエスカレートする。

許可を取ったことに自信をつけたのか、男の手はさらにおっぱいを揉みしだく。

「温かいね、澪のおっぱいは。それに、すごく柔らかい」

「あああん、いやあああん」

「ふふ、かわいい声で鳴いてくれるね」

「だってえ、淳くんがエッチな揉み方するんだもん」

艶めいた声をあげる澪だが、もう彼氏の手を払うようなことはしなかった。

伸縮性のあるニットを脱がされ、かわいらしいピンクのブラが露になる。

（おおっ、やはり、はち切れんばかりのおっぱいは九十五、いや、九十八のGはあるな）

細身のスタイルのせいか、姉たちより小さいかと思っていたが、どうしてかなりの美巨乳だ。

若い二人のふしだらな行為を止めることも忘れ、俺はいつしか見入っていた。

「アアン、こんなところでなんて……」

「こんなところだからさ。家に帰ったらお姉さんがいるだろう？　ここなら二人っきりさ」

「うんん、でも誰かきたら見られちゃううう」

「心配ないよ、さっきから人通りもないしね。澪だって知っているだろう？」

俺が見ているぞっ、と心の中で叫ぶ。

まったく近頃の若い者は、いくら盛《さか》っているとはいえ、こんな道端で始めるとは。

「この間はキスまでだったし、もうそろそろ僕たちの仲も進んでいいんじゃないか」

「キャアッ、いきなりブラを脱がさないで、やあああん」

「ああ、やっぱり綺麗だね、澪のおっぱい」

（ふぉおおおっ、薄暗い灯りでもはっきりわかる白いおっぱい。くそっ、できることなら、俺がいますぐ変わってやりたいっ）

形のよい艶やかな美巨乳が、街灯の光を浴び、心細げに揺れている。

「くすん、せっかく淳くんに見せるために、かわいいブラにしたのにい」

なんだと、それじゃあ最初からあいつに見せるつもりだったのか。

「そうだったのかい。僕のためにこんなかわいいブラにしてくれたんだ、嬉しいな」

「うん。もし淳くんに誘われちゃったら、私、断れないと思って、アンンンッ」

「んふっ、ふむううう、好きだよ、澪」

「アン、私も、淳くんのことが好きい……」

（くうううっ、澪の奴、あんな激しいキスで、完全に自分たちの世界に浸っているな。俺という者がありながら）

壁にへばりつくようにして、嫉妬に悶える。

「白くてプルンてしてて、乳首もかわいいピンクで、綺麗だよ、澪」

「恥ずかしいよお。そんなふうに言わないで」

「しょうがないよ。澪の身体が世界一綺麗なのは事実なんだから」

許しがたい行為だが、その点についてはうんうん、と俺も同意する。

まだ十六歳の女子高生というのに、けしからんほどよく実ったおっぱいだった。

「淳くんにそんなふうに言ってもらえて、なんだか嬉しい、アンッ」

「はあ、おっぱいがこんなに震えるなんて、んふう」

「ひゃあああんっ、淳くん、じゅんくうううんっ」

隣近所に聞こえる声を出すんじゃない、久能さん家の子と知られてしまうだろうが。

「んんうっ、やらしいお口がチュウチュウしてるううう」

「んちゅううう、澪おっ」

「あああ、淳くうううん、なんだか身体が熱いの……」

「澪のここも熱いよ。乳首もこんなに硬くして、ふむううう」

「やあん、エッチな吸い方しちゃダメえええ」

(許せんっ、その清らかなおっぱいは、俺がいただく予定だったんだぞっ)

ぴったりと密着しながら愛を深め合うカップルに、俺の妬心は爆発寸前だった。

「ふう、澪、もう我慢できないよ……」

「ええっ、キャンッ、そこはあっ」

ついに野卑《やひ》な男の手が、ミニスカートの中へ差し入れられる。

(おいこらやめろ、調子に乗るな。そこは俺だけのモノなんだ)

ブラとおそろいのピンクのショーツは、うっすら濡れているように見えた。

「すごく濡れているね。感じやすいんだ」

「んんんっ、ダメッ、淳くん、これ以上は、お願い……」

「いいじゃないか。澪のここも、たくさん喜んでくれているよ」

「言わないで。淳くんのエッチい、あああん、いやあああん」

指を動かせば、クチュクチュとはしたない水音が、夜の帳《とばり》にこだまする。

「はあはあ、そんな切ない声を出されたら、僕も、ううっ」

「あああん、熱いのがグリグリって、なにこれえ、すごいのお」

ズボンの上からでもわかるほど勃起したモノが、白い美脚に押し当てられていた。

「んん、太股に硬いのが当たってるうう。これが淳くんのおちん×んなのね」

「澪、いいだろう？　今日こそは君を……」

「キャッ、待って、淳くん、それだけは……」

レースで飾られたショーツを引き下ろせば、つっといやらしい糸が引く。

「すごいや、こんなに溢れて、もうたまらないよっ」

「アンンッ、私だって淳くんと、でもいまはダメなのお」

(待て待て、まさかこんなところでする気じゃないだろうな。青姦で立ちマンだなんて非常識な、まだ十代のくせに)

さすがに身を乗り出し止めようとするが、澪のほうが先に拒絶していた。

「お願い、淳くん、いまだけはダメなの。私のお話を聞いて……」

「澪……どうしてダメなのさ、もう耐えられないよ。一刻も早く、澪のバージンが欲しいっ」

「私も初めては、淳くんにって決めてるわ。でももうすぐデビューなの、知っているでしょう？」

「もちろんさ。アイドルになれば、こんなふうにデートもできなくなるかもしれない。だから、いますぐ澪が欲しいんだ」

（やたら焦っていたのはそのせいか。しかし初体験を青姦でやろうとは、これだから盛りまくった男はいけない）

発情した男の勢いに押され、澪も逡巡し、困った顔を浮かべている。

「前にも言ったよね。私のデビューステージ、二週間後なんだ」

「ああ、君にもらった最前列のチケット、いまも肌身離さず持っているよ」

「嬉しい、ならわかってもらえるでしょ。私がアイドルになるために、一生懸命頑張ってきたこと」

「側でいつも見ていたから知っているよ。まさか、そういうことなのかい？」

「うん。アイドルとして初めてのステージは、綺麗な身体のままで迎えたいの」

（そうか、澪にとってアイドルとしてデビューすることが、そんなに大事だったのか。好きな男とセックスするよりも）

あれほど燃え上がっていた場の空気が、澪の真摯《しんし》な告白によって静まっている。

しかし次の告白は軽薄男だけでなく、俺も同時に驚愕する。

「私ね、控え室は個室をもらえたんだ。けっこう事務所からは期待されてるみたい」

「本当かい。じゃあ必ず応援に行くよ」

「ありがとう。それでね、ステージが終わったあとも控え室へきてほしいの。淳くんのこと、ずっと待ってる」

「そのつもりさ。でもどうしてそんなことを？」

「それは……ステージが終わったら、そのときに、私のバージン、淳くんにあげたいの……」

「澪……いいのかい？」

頬を赤らめコクリと頷きながら、乙女は愛する人に純潔を捧げる約束をする。

高鳴る心臓の鼓動が、こちらにまで聞こえそうだった。

「いいの。アイドルとして最初は清らかなままでいたいけど、いつまでも淳くんに我慢をさせたくないもの」

「わかったよ。澪がそこまで言うなら、僕も君のデビューを楽しみに待つよ」

「ホント？　ありがとう、淳くんっ」

純粋な思いを受け入れられ、感極まって恋人の胸に飛び込む。

抱き合う二人の頭の中は、もうデビュー後の初体験しか考えていないのだろう。

(フフフ、そうか、いいことを聞いたな。ステージ後に控え室で待っている、か)

無論、その側で邪悪な奸智《かんち》を巡らせている男がいるなど、気づくはずもない。

「じゃあ、いこうか。せめて玄関先までは僕に送らせてほしいな」

「うん。淳くんは優しいね、大好き」

腕を絡めると、再び仲よく連れ立って歩いていく。

「危ないところだった。もう少しで、澪が完全に汚されるところだったな」

二人が完全に去ったことを確認すれば、ようやく人心地つく。

「あのまま男が暴走していれば、澪も抵抗できなかったろう。そうなればどうなっていたことやら。とにかく助かったぜ」

胸を撫で下ろし帰宅する二人を見送れば、ムラムラと言い知れぬ感情が芽生える。

「しかし、俺に隠れて彼氏とセックスまでするとは。ここは父親代わりとして、澪にはきついお仕置きをしてあげないとな」

お仕置き、と言う言葉を口にした途端、その感情は明確な悪意へ変化する。

闇に浮かんだ俺の横顔は、きっとどんな悪魔よりも邪悪な笑顔をしていた。

第四章　穢された夢のステージ

『こんにちわー、ファンのみなさん。今日は私たちのステージ、いーっぱい楽しんでいってくださいね！』

「うおおおおっ、真穂《まほ》ちゃんサイコーーッ！」

やたら豪勢なビルのワンフロアには、数人の少女とその数百倍の男共が屯《たむろ》していた。

少女たちはみんな一様に派手で華やかな衣装を纏《まと》い、舞台前の挨拶をおこなっている。

「なるほど、ここが澪がデビューするスタジオか。いまは開始前の挨拶らしいが」

ステージへ続く広いフロアで、グッズ販売や目当てのアイドルと交流できるようだ。

眩しいほどに磨かれた壁面には、所属するアイドルの顔写真がずらりと並んでいる。

『私たちのステージは十八時からなの。それまでいーっぱいお話ししちゃいしょうね！』

「はあはあ、相変わらずマホマホはかわいいなあ。変な息が出ちゃうよお」

「デュフウウ、あのロリボイスに煌びやかなドレス、正直たまらんですねえ」

リーダー格と思しき少女が、ファンの連中へ向かって説明をしている。

「その周りで妙なテンションの男共が群がるのも、アイドルのコンサート会場あるあるだよなあ」

まだ開始まで一時間はあるというのに、取り巻きの男共は異様な熱気だ。

『私たちとの約束、覚えているかな？　会場内にカメラの持ち込みは遠慮してね。ちゃあんと約束を守って、素敵なひとときにしましょうね！』

「さすがに手慣れているなあ。あの子はたしか、全国区のニュースにも出てくる有名アイドルじゃないか」

拠点は地方都市のご当地アイドルだが、資本は東京のプロダクションが有している。ここで人気の出た子が、ゆくゆくは全国区へスカウトされる、典型的なスタイルだ。

「すごく綺麗で、賑やかで。おじさま、私なんだか人酔いしちゃいそうですう……」

俺の側で縮こまっている玲は、早くも人混みに酔ってしまったようだ。

「玲はこういう場所にきたことはなさそうだし、僕の腕にしばらく捕まっていなさい」

「はい。おじさまの腕、すごく逞しいです」

澪のデビューということで、家族向けのチケットをもらい、こうしてやってきた。

「でも、いいんでしょうか。美樹姉さんも咲良もきたがっていたのに、私たちだけなんて」

「チケットは二枚しかないからね、仕方がないよ。まあ、それだけ人気があるってことだろうけど」

大盛況のアイドルとファンの交流を見て、改めてその人気に驚く。

だからこそ、美樹たちには悪いが、今日ここにくることを譲るわけにはいかなかった。

「でも、澪は僕がくると言ったら全力で反対しただろうね。なにせ、いまだに嫌わているから」

「そんなことありません。おじさまに反抗してるのは年頃だからで、姉妹だけで話すときは、意外と好意的なんですよ？」

「まさか、いや、玲が言うならそうかもしれないね。それはよかった」

（もっとも、これからすさまじく嫌われることになるかも知れないけどな）

笑顔の玲に応えつつ、再び黒山の集まりに目をやれば、ファンとの交流も佳境《かきょう》に達したようだ。

『ウフフ、そして本日は、みなさまお待ちかねの新人五人組がデビューしまーす。楽しみに待っていてくださいね！』

案内役の子が言っているのが、澪たちのことだな。もっとも、ここにはいないようだが。

「おお、目当ての子がついにデビューか。俺、とくにあの澪ちゃんて子が好みなんだよなあ」

「ああ、すげえかわいいのに胸もメンバーで一番大きくて。グフフ、楽しみですなあ」

集まった連中も、どうやら澪のデビューに期待しているらしい。

口々に新人アイドルを噂していているが、少々不躾な発言はいただけない。

（おいおい、俺の澪に気安くセクハラ発言をするんじゃない。口にその厚底メガネをブチ込むぞ）

「ふふ、みなさん澪のことが気になっているみたいですね」

「まあ、たしかに粒ぞろいのかわいい子ばかりだが、澪は群を抜いているな」

総勢で五十人はいる他のメンバー写真を見渡しても、澪にかなう子はいそうにない。

「では、そろそろ会場に入ろうか。シートナンバーは覚えているよね？」

「はい、早く澪の晴れ姿がみたいです」

まだ開演まで間があるせいか、入場したステージは薄暗く、閑散《かんさん》としていた。

しかし予想したよりもゴミゴミした感じではなく、清潔で立派な造りだ。

「さすがに、地方では一番大きなステージだけある。千人は収容できるんじゃないのか」

「そうみたいです。ここに選ばれるために、毎年千人以上の女の子が応募するみたいですし」

ライブハウス程度の大きさを予想していたが、人気を考えれば妥当《だとう》な広さだ。

「じゃあ、ここで待っていてくれるかい。僕は澪の様子を少し見てくるよ」

「はい、でも大丈夫ですか？　控え室には警備員の方も大勢いるみたいですよ」

「心配ないよ。家族との面会なら、許可がもらえることは確認ずみさ」

自信満々に吐いたが、それは嘘である。

ステージ前は、アイドルたちの安全のため、家族といえども面会はかなわない。

「そうですか。では私はここで待っていますから、澪によろしく」

着席した玲を止め、俺はおもむろに澪のいる控え室へ向かう。

無論、これから起こるショーの下準備のためだった——。

「お客様、ここから先は関係者以外は立ち入り禁止です。どうぞ、お席のほうにお戻りください」

チェーンスタンドで仕切られた通路の真ん中で、慇懃《いんぎん》な態度の黒服が威圧してくる。

「この先に用があるんだけどね。女の子の控え室はこっちだろう？」

「お答えしかねます。何卒お席へ戻られるよう、お願いいたします」

劇場に入ってからというもの、あちこちで黒服の警備員が厳重な監視を敷いている。

これも大切なアイドルを守るためだろうが、ガンを飛ばす態度はいただけないな。

「フン、俺も関係者だよ。そこを通してもらおうか」

「おや、そのカードは、これは失礼しました。それでは、お入りください」

ヒラリと胸元から金色のカードを見せてやれば、一瞬驚いたあと、恭しく下がる。

舞台関係者にしか発行されない、セキュリティカードを手に入れるのは苦労した。

「じゃあ、通らせてもらうぜ。あと、怪しい奴が入ってこないよう、警備はよろしくな」

裏のファンサイトを使い手に入れたが、ちょっと値の張る買い物ではあった。

「お客様、面会時間はステージ開始十五分前までとなっております。それまでには戻られますよう」

背後から黒服の声がかけられるが、俺の意識はもうそこにはない。

「さて、たしか澪の控え室は個室といっていたな。だとすると、Sエリアだな」

そこは所属アイドルの中で、トップクラスの子しか入ることを許されない場所だ。

「今日がデビューというのに、この特別待遇。やはり澪は、本当に期待をかけられているんだな」

入り組んだやたら広い構造だが、カードと同じく見取り図は手に入れてある。

「まあ、だいたいの位置は事前に頭に入れてあるけどな。お、あそこだな」

他の場所とあきらかに違う、粛然《しゅくぜん》としたエリアに入れば、控え室はすぐそこだった。

「久能澪か。ネームプレートがかかっている、ここだな。あれ、扉がもう開いてる」

開いた扉の隙間から聞き慣れた声がすれば、どうやら先客がいるみたいだ。

「澪、会いたかったよ、むふうう」

「アン、ダメえ、淳くんったら、んんうっ」

忘れるはずもない。あの淳と呼ばれた軽薄男が、すでに控え室にきていたようだ。

(思ったとおり、やはりきていたか。最前列の特等席にもいなかったし、おそらく澪が無理を言って、通させたんだろう)

ここへきた目的は、ステージ前に澪に手を出す奴がいないか見張るためだった。

(危なかった、やはり事前にきて正解だったな。しかし、いきなりキスをしているとは、なんと不健全なっ)

扉に身を寄せ、聞き耳を立てながら、改めてこの軽薄男は信用ならないと思う。

(しかし困ったな。あいつがいるとなると、部屋に入るわけにもいかないし。とりあえずは様子を見るとしよう)

扉も閉めない不用心さも、この場合は感謝しないといけない。

ただ見守るだけにしたかったたが、これ以上暴走するなら、乱入してでも止めないと。

「もう、淳くんたら、いきなりキスするなんて」

「ごめんよ。でもこのところずっと会えなかったし、澪の姿を見たら、つい」

「ううん、いいの。デビュー直前で忙しかったのは事実だし、私のほうこそごめんね」

「澪……その衣装、すごくよく似合っているよ」

「ホント？　淳くんに褒めてもらえて嬉しいっ」

（相変わらず人目を憚《はばか》らずイチャイチャするな、こいつらは。まあ、たしかに澪のステージ衣装はかわいいが）

青を基調とした制服っぽい衣装だが、全身にフリルが配された甘々なデザインだ。リボン風のカチューシャも、艶やかな亜麻色の髪にはよく似合っている。

「どうかな、これ、私の意見も参考にされたんだよ。とくにこの、スカートのラインなんかもね」

「すごくかわいいよ。ああ、でもそんな動いたらスカートの中が見えちゃう」

「キャッ、もう、淳くんのエッチ、アンッ」

（くうっ、たしかにかわいさに全振りしたスカートだが、いくらアイドルの衣装とはいえ、ちょっと短すぎるんじゃないのか）

動けば見えそうな大胆なミニスカだが、澪ご自慢の美脚にはよく似合っていた。

「はは、ごめんよ。でも澪はスタイルがいいから、僕には眩しすぎるんだ」

「淳くんの意地悪。でも褒めてくれてありがとう、あっ？」

「澪……ステージが終わったらまたくるよ。そしたら君を……」

「うん、待ってる。約束だよ」

「澪……んむううう」

「アン、またキスう、ふみゅううう」

（くそっ、性懲りもなく盛りやがって。だが今のうちに、せいぜい楽しんでおけばいい）

「んふうう、あのね、淳くん。部屋の灯り、消しておくから、入ってきてもつけないでね」

「どうしてさ。澪の綺麗な姿をずっと見ていたいんだけど」

「だって、こんな明るいところでなんて恥ずかしい。お願い、淳くん」

「わかったよ。じゃあ澪のかわいい衣装は、いまここで目に焼き付けおくね、んんん」

「ありがとう、アンン、淳くううん」

（なるほど、これは好都合だな。わざわざ澪の目を眩ます必要がなくなった）

胸の内で密かにほくそ笑んでいると、場内にアナウンスが流れる。

『みなさーん、上演開始二十分前でーす。早くお席について私たちを待っていてね！』

「いけない。私もステージに行かないと、みんなを待たせちゃう」

「がんばるんだよ、澪。僕も最前列で応援しているよ」

「うん、いってくるね。側で見ていて」

見たくもない青春ドラマを嘲笑いつつ、俺も控え室をあとにする。

（とりあえず澪も無事だったし、引き上げるとするか。俺もショーを楽しむとしよう）


下調べを終え、準備を整えて席へ戻れば、ちょうど開演時間だった。

「おじさま、遅かったですね。澪はどうでした？」

「ああ、問題ないよ、いつもの元気な彼女だったさ。お、始まるようだな」

「キャッ、眩しいですっ」

会話を交わした直後、激しいスポットライトが明滅《めいめつ》して、ステージが始まる。

煌びやかな照明の下、躍動する少女たちの競演はたしかに最高だった。

「なるほど、すごいなこれは。若者たちに人気が出るだけはある」

「はい、こんなすごい世界に澪は選ばれたんですね。姉として嬉しいです」

華々《はなばな》しいアイドルたちの歌も、激しいダンスも、見る者を魅了して離さない。

隣で観覧していた玲も、感動で瞳を潤ませている。

さらに、澪たち新人組の登場となった瞬間、ステージは歓喜の頂点に達する。

「はぁあ……すごいですぅ。澪もみんなも、これがアイドルのステージなんですね」

玲だけではない。広い劇場全体が彼女たちに熱狂し、興奮の坩堝《るつぼ》と化していた。

だがどんな狂乱の宴《うたげ》も、いつかは終わる。

ようやく舞台の幕が降りたあとも、会場内はただならぬ歓声に包まれていた。

「激しくてキラキラしてて、とってもよかったですぅ。ねえ、おじさま、あら？」

慌てて辺りを見回す玲を尻目に、俺はもうステージを退席していた。

いまだ熱気の籠るステージから、澪のいる控え室へ向かう男を追い返すためだった。

「待っていたよ、汐見《しおみ》淳くんだね。君を探していたんだ……」

さきほど自分が止められた黒服のいた場所で、あのにやけた男を捕まえていた。

「え、誰でしょうか？　なぜ僕の名前を」

（名前ぐらい知っていて当然だ。あれから、お前のことは徹底的に調べたんだからな）

大事な澪を危うく傷モノにされそうだった怒りは、いまだ忘れていない。

「久能澪の所属事務所の者さ。実は、折り入って話があってね」

「事務所の方、ですか。いったいなんの用ですか？」

多少疑う素振りを見せるが、胸にかけた偽造の社員証を見て納得したようだ。

（ふふ、どうやら俺がここの人間だと思い込んだようだな。チョロいものだ）

こういうときのため、偉そうに見える仕草や態度で振舞うすべは心得ていた。

「ああ、事前に彼女から相談を受けていたんだ。ステージ後は重要な打ち合わせがあるから、君がきてもお引き取りを願うように、とね」

「そんなっ、なにかの間違いでは。澪がそんなことを言うはずは……」

「おや、なんでそんなことが言えるのかね？　まさか、彼女とただならぬ関係なのかな」

「いえっ、違います。澪、いえ、久能さんとはただの友人で、そんな仲では……」

丁重だが有無を言わせぬ態度で圧するのは、俺の得意とする交渉術だ。

痛いところを突かれれば、軽薄男も引き下がるしかなかろうと踏んでいた。

「それならよかった。せっかくデビューステージも成功して、澪のアイドル人生も順《じゅん》風満帆《ぷうまんぱん》だ。よけいなスキャンダルは、困るんだよねえ」

「わかり、ました……でも、澪に一目だけでもっ」

「申し訳ないが、すでにスタッフと会合に入っていてね。途中で退席するわけにはいかないんだ」

「うう、そんな、嘘だろう。澪……」

ついさっきまで完全に欲情していた男は、急速に精気の抜けた顔になる。

(クク、誰が澪の大切な純潔を、お前などにくれてやるものか)

「では、もういいかな。あと、澪は将来のある身なのだから、くれぐれも軽はずみなお付き合いは控えてくれたまえ」

「はい。澪に、久能さんによろしく伝えてください……」

釘を刺されれば、魂まで消沈し、肩を落として去るのみだった。

「出口はあちらだよ。間違えないようにね、淳くん」

俺の声などとうに聞こえていないのか、茫然自失《ぼうぜんじしつ》といったふうで引き上げてゆく。

「うまくいったな、これで邪魔者は排除できたわけだ。さて、いよいよ俺のメインステージ開幕といくか」

くるりと踵《きびす》を返せば、澪の待つ控え室へ向かう――。

選ばれたアイドルのエリアは、先ほどまでの喧噪《けんそう》が嘘みたいに静まり返っていた。

「玲には、タクシーを呼んであるから先に帰るようにと、メッセージを送っておいたからな。これで、心置きなく楽しめる」

勝利の余裕から独りごちると、逸《はや》る気持ちを抑えてノックする。

「淳くん？　どうぞ……」

なにかを期待するようなか細い声が響き、俺はドアを開く。

（たしかに暗いな。でも室内の間取りは、ちゃんと覚えているぜ）

言ったとおり照明を消してあるせいか、中の様子はまるで見て取れない。

「淳くん、だよね？　待ってたよ、早くきて……」

薄暗い空間から、可憐な子羊の声がする。

（だが衣装に蓄光素材を使用しているおかげで、居場所がよくわかる。いまはソファに座っているな）

さすがに専用個室だけあって、置いてあるインテリアも一流の物ばかりだ。

頷いて隣に腰掛ければ、極上の座り心地に、思わず声を漏らしそうになる。

「エヘヘ、すごかったね、初めてのライブ。とっても緊張したけど、みんなすごく喜んでくれて、私も感動しちゃった」

吐息さえ感じられるほど接近すれば、少女らしく頬を染め、はにかんでいる。

（かわいいじゃないか。日頃は俺に悪態をつくくせに、こんな殊勝な顔も見せるのか）

「やっぱり私、アイドルになってよかった。いろんな人と知り合えて、それに、淳くんとも……」

（どうやら、正体が俺だとまるで気づいていない。よほど緊張しているからかな）

認めたくはないが、俺とあの男は背格好が似ている。

（だから、暗がりの中では見分けがつかないんだろう。ふふ、これはチャンスだなあ）

気づかないのをいいことに、さらに身体を密着させ、芳醇な少女の香りを堪能《たんのう》する。

「やんっ、あんまり近づかないで。ステージが終わったばかりで、まだシャワーも浴びてないの。だから、その、汗が……」

（くううっ、そんなこと気にするとは、なんていじらしいんだ。たまらんっ）

「キャッ、淳くん？　ひゃあああん」

つい心のたがが外れ、肩を摑むときつく抱き寄せてしまった。

（はあ、女の子の温かいぬくもり、マシュマロみたいな抱き心地は最高だっ）

「アアン、もう、相変わらず強引。んん、でも、そんなところも好き……」

澪もまた、桜色の頬をさらに上気させ、俺に抱きしめられ喜んでいる。

（それにしても、澪のステージ衣装はかわいいなあ。ヒラヒラでフリフリな甘ったるいデザインは素晴らしい、はあ）

「そんなにスリスリしないでえ。くすぐったいの、ひゃうん」

髪といわず衣装といわず、クンクンと少女の香りを胸いっぱいに吸い込む。

柔らかな感触と、煌めく衣装を堪能しつつ抱きしめれば、緩やかに時が流れてゆく。

「この間はごめんね。淳くんがあんなに望んでいたのに拒んじゃって……」

うっとりと目を閉じながら、過去の行為を謝罪してくる。

「あんなこと言っちゃったけど、本当はね、嫌われちゃうんじゃないかと思って怖かったの……」

(澪……しおらしいな。声をかけてやれないのがもどかしい)

お詫びに頭や頰を撫でてやると、嬉しがって猫みたいに甘えてくる。

「んん、淳くんの手のひら、なんだか前よりも温かい。それに大きいね」

(当たり前だ、あいつよりも俺のほうが、ずっとお前をかわいがってやるんだぞ)

ようやく目が慣れてくると、暗闇の中でも白く整った少女の美貌に魅入られる。

「でも、いまは嬉しい。こうして二人っきりで、大事な物をあげられるんだもの。淳くん、大好き……」

(ああ、もう我慢できないな。いますぐこのアイドルを犯したいっ)

「どうしたの、淳くん？　なんで黙って……んんんんっ」

「んむううう、むちゅううううう」

細い肩を引き寄せ、いきなり唇を奪っても、抵抗はしなかった。

「アンンッ、いきなりだなんて。淳くんたら、ふみゅうううう」

(はあ、これが澪の唇か。かわいいのにしっとり濡れて、極上の吸いつきだ)

「んふ、ふむううう、はあはあ、淳くうううん」

(必死に舌を絡めてくるな。なんていじらしいんだっ)

「むちゅうう、澪っ」

(やばいっ、思わず口走った。でも気づいていないようだな)

「あああん、むふううう、キスう、もっとキスしてえええ」

チロチロと舌を絡ませながら、必死に俺へしがみついてくる。

(澪も感じているのか。いやらしく舌を差し出すなんて、まだステージの興奮が残っているのかもしれないな)

「んんうう、淳くううん、好きいいいい」

舞台での熱狂のせいか、体温も少し高いように感じられる。

「はああん、淳くん、早くきてえええ」

(なんて色っぽい声で鳴くんだ、この淫乱娘はっ。まだ十六歳の女子高生で、しかも

現役アイドルなんだぞっ）

もう遠慮は無用とばかりに、衣装の上からGカップバストをムギュリと摘まむ。

「アンンッ、またやらしいお手々が、おっぱいムニュムニュしてるううう」

（おおおっ、なんだこの弾むような感触、まるでゴム鞠みたいだぜ。これが、澪のおっぱいなのかっ）

両手に余る美巨乳は、やはり玲や美樹と比べても遜色《そんしょく》はない。

プュニュニュンッ、と柔らかく変形するおっぱいは、男の指を力強く押し返す。

「あふん、強くしちゃイヤッ、お願い、優しくううう」

（とか言って、いっぱい感じてるじゃないか。なら、いっぱいモミモミしてやるぞ）

「はああん、ムニュムニュしてキュウキュウしてるよお。淳くんの揉み方、とってもやらしいいい」

（ああ、なんて極上の触り心地なんだ。たまらんっ、早く生のおっぱいが見たいぞっ）

あまりに可憐な衣装を脱がすのは心苦しいが、これも美しいおっぱいを拝むためだ。

首元のリボンを外し、ブレザー風ジャケットのボタンを器用に外してゆく。

「あん、やああんっ、なんで初めての衣装なのに、脱がすのが上手なのお。淳くんのヘンタアイ」

（おいおい、動くんじゃない。動いたらさらにおっぱいが……）

抵抗するようにイヤイヤすれば、ぽよよんっ、とたわわな膨らみが弾け出る。

（ふおおっ、白く輝くおっぱいっ。暗闇の中でもはっきりとわかるぞっ）

「いやあああん、見ないでえ。淳くんたらホントにおっぱいが好きなんだからあ」

（俺をあの軽薄男といっしょにされるのは心外だが、おっぱいが好きなのは全人類の共通項だ）

「ひゃんっ、またムニムニしてええ、恥ずかしいよお」

（ふう、それにしてもなんて綺麗なおっぱいなんだ。こんな見事なGカップが、あの清楚な衣装の下に隠れていたとは）

「ああん、手の動きがいやらしいの、そんなにしないでええ」

（大きいだけじゃなく、すごく感じやすくて、さすが久能家の娘だな）

姉たちと似ているようで異なる手触りと敏感さに、虜になってしまいそうだ。

（クソ、こんな魅力的なおっぱいを見せつけられたら我慢できないじゃないか。んむううう）

「きゃうううんっ、ダメえ、またお口でおっぱい吸われちゃうううう」

辛抱たまらず、ぷっくり浮かび上がるピンクの乳頭を口に含む。

「んちゅううう、むふうう、おっぱい、アイドルのおっぱい」

「あああん、チュウチュウしたらいやあん。おっぱい感じやすいって知ってるのにい、淳くんの意地悪ううう」

（まったく、さっきまでみんなに賞賛を浴びていたアイドルのくせに。なんてはしたないんだっ）

人気のないステージ後の控え室、薄闇の中で吸う美少女のおっぱいは極上だ。

それが、かわいい衣装に身を包んだ現役アイドルとくれば、興奮は最高潮に達する。

「はあはあ、澪、澪おっ」

「アンンッ、またカクカクって、硬いのが当たってるううう」

アイドルを抱ける喜びから、逸物は部屋に入る前より、とっくにいきり立っていた。

一つに重なりつつ、柔らかな太股に、極限までこわばった怒張を擦りつける。

「んん、あのとき私を突いてた淳くんの硬いおち×ちん、今日もまたおっきくなってるううう」

（俺のに突かれて、先日のことを思い出しているのか。ふふ、そうだ）

「澪、見てごらん……」

「え、ひうっ、きゃああっ、それはあっ」

ズボンから痛いほどに勃起した逸物を取り出すと、誇らしげに少女へ見せつける。

暗闇の中であっても、雄々しく屹立する怒張は、存在感だけで少女を威圧する。

「やああっ、なにそれ、ひううんっ」

かわいい声をあげ動揺するが、ヒクヒクと唸りを上げる怒張から目は離さない。

「この前は、よく見えなかったろう。これが男のおち×ちんだよ」

「それが男の人の……いやああん、ビクンビクンしてるうう」

「なにがいやなんだい。さっきまで、おち×ちんを擦りつけられて感じてたろう。もっと押しつけてあげるよ」

「ひゃああん、そんなにグリグリしないでえ、怖いよお」

(はあ、スベスベの太股にち×ぽを擦りつけるのがこんなに気持ちいいなんて、思わなかったぞ)

調子に乗って、細く引き締まった太股を昂る剛直で突けば、澪も怯えていた。

「あううん、硬くて太いのがガツンガツンて、前よりもおっきいいい」

「澪の乳首も硬くて大きいよ。なんていやらしくしこっているんだ」

「ああ、恥ずかしいいい……」

「まったく、おち×ちんをコスコスされて、おっぱいをチュウチュウされて感じるなんて、はしたないアイドルだ。ファンが見たら、どう思うだろうね」

「んんん、言わないでえ。あんな大きくなったおちん×んを見せられたら、たまらなくなっちゃうんだもん」

敏感な桃色乳首を吸われ、フル勃起した陰茎を当てられ、十分に昂ったようだ。

（ふう、そろそろ頃合いかな。これだけ感じればもう大丈夫だろう）

「澪、そろそろいいだろう？」

「キャンッ、なにを、ひゃあああんっ」

おもむろに太股を持ち上げ、片膝を突くスタイルにさせる。

ぐいと上げられた太股の隙間から、際どすぎる純白の布帛が丸見えになってしまう。

「やあああん、やめてええ、見ちゃダメええ」

「おおおっ、濡れ濡れじゃないか。ショーツにもいやらしいスジが入っている」

「そんなふうに言っちゃいやああ。エッチい、ひゃあああんっ」

大胆すぎるミニスカは、舞台中でも見えてしまいそうで心配していたのだ。

「はしたないスカートを着けるほうがいけない。ヒラヒラでフリフリなくせに、こんなにいやらしいんだからな」

「だってえ、ヒラヒラしてるほうがかわいいんだもん。きゃあああんっ、触れちゃダメえええっ」

そういえば、あの男に迫られているときも、ショーツをぐっしょり濡らしていたな。シミになっている膨らみをすっ、と指でなぞれば、甲高い嬌声はさらに高くなる。

「アン、ひゃあああんっ、乱暴にしないでえええ」

「すごい、触れただけなのに、指がグショグショだ。本当に感じやすいんだな、澪は」

「んんっ、それは意地悪するからあ。ああん、また指でクリクリしてるううう」

「はああ、こんなはしたなくお漏らしする澪が悪いんだ。ぬう、むふううう」

指を濡らす蜜を口に含めば、頭の中がカアッ、と煮えたぎる。

うら若いアイドルの精気を体内に取り込めば、欲棒は際限なく肥大化《ひだい》する。

「どれ、中の様子はどうかな。ちゃんと確認してあげないとね」

「ああっ、見ちゃイヤン、んんんっ」

おそるおそる指でクロッチをずらせば、芳醇な香りと共にいやらしい熱気が溢れる。

「うおっ、これはすごい、大洪水じゃないか。とても清純系アイドルのおま×こには見えないな」

「あああん、全部見られちゃってるう。恥ずかしくてどうにかなっちゃいそう……」

「んふ、ちううう、指で掬《すく》っても、次から次へとこぼれてくるな」

（それにしても、あの男はこんな綺麗なおま×こを俺より先に拝んだのか。ますます許せなくなってきたぞっ）

対抗するように、人差し指の先っちょをヌプッ、と潤う蜜園へ差し込む。

「きゃあああんっ、指がっ、ひゃあああああああんっ」

「すごい声を出すね。まだほんの先っちょしか入れてないのに、大袈裟だな」

「あああんっ、だってえ、指じゃいやなの。初めては、太くて硬いおち×ぽがいいのぉ」

「澪……」

初めて貫かれるのは、好きな男のモノでなきゃイヤなのか。健気だなあ。

「ね、お願い、最初はあなたの逞しいおち×ぽにしてほしいの。おち×ちんじゃなきゃいやあ」

そんなしおらしいことを言われたら、俺も我慢できなくなるじゃないか。

（しかし、さっきから声を出しているのに全然気づかないな。気分が昂りすぎて、俺とあの男の区別もついていないのかな）

そんな都合よく気づかないものかと思うが、いまさら正体を晒す気もない。

「いいんだね、澪」

「うん、だって、あなたにあげるって決めてたもの。怖いけど、平気だよ」

十六歳とは思えぬ艶っぽい仕草と情熱的な瞳に、なにかがプツン、とキレる。

「んんっ、早くうう、熱くて太いガチガチおち×ぽで、貫いてえええ」

「ふおおおっ、澪おっ、むふううううっ」

「アンンッ、んふううう、むちゅうううううう」

完全に獣欲の虜となれば、熱い口づけのまま、満を持してシートへ押し倒す。

最高級のソファは、まるで極上ベットのような感触で、ふわりと受け入れてくれる。

「むううっ、ぬふううう、澪っ」

「はむううう、はあああ、嬉しい。いっぱい澪を愛して……」

「ああ、なんてエッチな娘なんだ。もう僕も、ち×ぽがギンギンでたまらないよ」

淫らに重なりながら、太幹を微調整して蜜潤う秘割れへと宛がう。

「きゃんっ、おち×ちん熱いいい。これがホントの、大人のおち×ぽなのね」

「そうだよ、これからこのち×ぽが入るんだ。くうっ、先っちょが触れただけなのに、もう濡れ濡れおま×こが吸いついてくるっ」

「やあん、硬いのにグリグリされるう、身体が痺《しび》れちゃううう」

乱れて半脱ぎになったステージ衣装は、この上もなく淫らで扇情的だ。

まさか現役アイドルと交われるとは、自分の幸運を天に感謝せずにはいられない。

「お願い、早くうう、おち×ぽ我慢できないのお」

「ああっ、いくよっ。いますぐこのいやらしいおま×こを、ち×ぽで貫いてやるからね」

懇願《こんがん》を待つまでもなく、猛り立つ獣欲のまま、雄々しく腰を前へ突き出す。

「はあ、ググッ、て熱いのが……んはああああああんっ」

瞬間、すべての抵抗をぶち破り、剛直がブチュンと音を立て蜜壺を貫き通す。

「ひあああんっ、太いいいいいい、なにこれえ、壊れちゃうううううう」

侘《わび》しげな暗闇を切り裂く絶叫が、吐息溢れる密室に響き渡る。

「アンッ、キャアアアンッ、熱くて硬いのが、私の中にいっぱいいいいいいっ」

「ぐうううっ、すごいっ、この締まりは本当に初めてなのか、おおうっ」

「もうダメえええっ、おち×ぽでどうにかされちゃうううう」

ネコ科の生物を思わせるしなやかな肢体が、俺の腕の下でビクンッと跳ねていた。

「はああ、すごいのお、私の中、おち×ぽでいっぱい拡げられてるうううう」

奥へ突き入れれば、たちまち蜜まみれの襞が複雑に蠢《うごめ》き、太幹を締め上げる。

「澪もすごいよ。ヌルヌルなのにグチュグチュ締めつけるとは、なんていやらしいおま×こだ」

「アン、エッチい、私そんなにイヤらしい子じゃないもん」

「ふぐうっ、そんなに締めつけないでくれっ。危うく漏らしちゃうところだよ」

「あああん、だってえ、おち×ぽがズブズブッて、私のおま×こにたくさん入ってるのお、我慢できないい」

ずっぷりと俺の逸物に貫かれたのに、破瓜の痛みよりは結合の感動が強いようだ。

(美樹や玲ほど苦痛を感じていないな。だが、ち×ぽを入れるときに、なにかを破る感触はあった)

日頃ダンスや激しい運動をする澪は、姉たちより肉棒を受け入れやすいかもしれない。

「とんだ淫乱だねえ、澪は。普通はロストバージンのときは、もう少し痛がるはずなんだけど」

「いいの、こうしてあなたとひとつになれたんだもの。んん、お願い、もっと動いて……」

「むう、かわいいな。そんなつぶらな瞳で訴えられたら……」

（だが、この締まり具合はヤバすぎるっ。いかん、これじゃ本当に早出ししてしまいそうだっ）

澪の細く引き締まった肉体そのものの処女膣は、ちぎらんばかりに絞り立ててくる。

「アアンッ、早くうう、おち×ちんをいっぱいツキツキしてぇ」

「はあぁ、この超淫乱娘めっ。いますぐ突きまくってあげるから、覚悟するんだっ」

「きゃあああんっ、おち×ちんいっぱいきたのおおおっ」

ガクガクと腰を動かし奥へと差し入れれば、蠢く女壷が吸いついてくる。

「ふうっ、ギュウギュウきついのに、なんでこんなに吸いつくんだっ。処女ま×ことは思えないよ」

「アンッ、いやあああん、おち×ぽガクンガクンッて、おま×こ裂かれちゃううううう」

みっちり詰まった襞のうねりは、極上の名器とも言うべき気持ちよさだった。

「どうだいっ、大人ち×ぽの味はっ、子供のモノとは違うだろう？」

「はいいい、すごく太くて逞しいのお、あああんっ、カクカクしちゃダメぇええっ」

「ふふ、男のモノに突かれてはしたなく喘ぐなんて。こんなアイドルの姿を知ったら、ファンはきっと幻滅するね」

「アンンッ、言わないでえ。だからデビューするまで、バージンでいたかったのにいい」

言葉責めを受けながら、快楽に呑まれまいと抵抗する姿もいじらしい。

初めてでここまで感じるとは、澪は姉妹でも一番身体の相性がいいかもしれない。

「はあはあ、こんな淫らでエッチなアイドルは、いっぱいち×ぽをズンズンして躾《しつ》けてあげないと」

「ああん、してえ、おち×ぽでいっぱいお仕置きしてええ、んんんむううう？」

「ふうう、はしたない台詞を吐くお口もたっぷり懲らしめないと、んむううう」

「んふううう、キス、とっても気持ちいいです。ふみゅううう」

「むちうう、もっと舌を出すんだよ。いっぱい吸ってあげるから」

「はい、あんっ、ちうううう、あふううう」

薄暗い室内、組み敷いた美少女を逸物で貫きながら交わすキスは、至高《しこう》の悦楽だ。

その相手が、誰もが羨む現役アイドルならば、官能は数倍にも高まる。

「ううっ、初めてのセックスでこんなにち×ぽが馴染むとはっ。澪はもう、完全に僕の物になったんだね」

「はい、なりますう、あなただけの物にしてくださいいい。はああんっ、もっとツキツキしてえええええ」

俺の欲棒でどれだけ汚されても、澪はそれを喜んで受け入れてくれる。

そんな姿を見たらさらに怒張を奮い立たせ、いやらしい腰で突きたくなってしまう。

「はああ、なんて淫乱なアイドルなんだっ。いいだろう、澪のおま×こに、たっぷり中出ししてやるっ」

「きゃああんっ、嬉しいっ。おち×ぽピュッピュしてくださいい、いっぱい出してえええええ」

Gカップを揺らす淫らな痴態は、とても十六歳のアイドルとは思えない。

ギュッと強めにおっぱいを揉みながら、俺は最後のスパートをかけていた。

「はあはあ、そろそろいくよっ。子宮の中までたっぷり出して、名器に仕込んであげるぞっ」

「アン、きゃあああんっ、ツキツキおち×ぽがまた激しくううう、どうにかなっちゃううう」

「あああっ、出るよっ、澪っ、澪おおっ、僕の精をすべて呑み込むんだっ、いいねっ」

「それ以上突いたらダメえええええっ、澪もなにかっ、なにかきちゃううううう」

「ぐうっ、はあああっ、出るううっ、ぐふううううっ」

ありえない快楽と共に肉棒を最奥へ押し込めば、脳裏に火花が爆《は》ぜていた。

官能のとろみが先端から噴出し、少女の細胞の一片までも自分色に塗り替えてゆく。

「いやあああん、おち×ちんがビクンビクンって、なにこれ、すごいのおおお」

「はぐうっ、すごいよっ、おま×このヒダヒダがグイグイ締めつけてっ、ち×ぽが止まらないっ」

「んんんっ、もうダメええ、おま×こイクッ、イッちゃううう、あはあああああああん」

細い肢体を弓のようにしならせ、可憐なアイドルは絶頂の嵐に呑み込まれていた。

アクメの嬌声を部屋中に響かせ、美しい眉根を切なく顰めつつ、頂点へ昇りつめる。

「ああっ、あああああっ、もうダメええっ、おち×ぽミルクでイッちゃうううううう」

「澪っ、僕も止まらないよっ、澪っ、澪おおおっ」

白濁液の奔流《ほんりゅう》を注ぎ込みながら、俺もまたエクスタシーの歓喜を体感する。

初めてのセックスで、まさかこれほどの一体感を得られるとは思わなかった。

「あああ、すごいの、おち×ちんがドピュドピュって、いっぱい出て、あふううううう」

「はあはあ、澪のおま×こも最高だったよ。初体験でこんなに感じるなんて、ちょっと信じられないよ」

激しすぎる官能の濁流に呑まれ、虚ろな瞳の澪の頬を、優しく撫でてあげる。

汗ばんだ肌が触れ合えば、二人の一体感もより強くなるようだった。

「はあぁ、うれしい。大好きよ、パパ、んんん……」

「うん？　澪、いまなんて……ああ、気を失っているのかい」

混濁《こんだく》する意識のなか、澪は俺の正体を見越したのか、妖艶な笑みを浮かべる。

笑顔の意味を問いかけるが、はぐらかすように、少女は深く安らかな眠りに落ちていった——。

第五章　淫靡な家族会議

外は小雨か。梅雨も終わったと思っていたが、まだまだ降らせ足りないらしい。

まだ昼すぎなのに鈍色の曇天は不安定な光となり、はかなげに差し込んでくる。

「もしもし、淳くん？　私、澪だよ」

『澪かい？　会いたかったよ。いまどうしているんだい』

久しぶりに恋人同士が交わす通話、だが澪の声音はどこか愁《うれ》いを帯びている。

「うん。いつものメッセージじゃ味気ないし、こうして淳くんの声が聞きたかったの」

『澪……嬉しいよ』

「私も嬉しい。最近はちゃんと会えなくて寂しかったし」

ベッドの上で愛しい彼氏とスマホで会話するが、怯えた雰囲気は隠せない。

雨雲をはらんだ暗い空は、少女の心情のようにくすんでいた。

「この間はごめんね、急にキャンセルしちゃって。どうしても淳くんに謝りたくって」

『そんなこと気にしてないさ。澪のほうこそいまは大丈夫なのかい。ニュースにも出たりして、有名人じゃないか』

「ふふ、平気だよ。次のステージは来週までないし、家にいれば雑誌の取材も追いかけてこないし、ああっ？　あああんっ」

『澪？　どうしたんだい、いきなり声を出して』

「んんんうっ、だい、じょうぶ……だよ。最近ちょっと忙しいから、疲れただけ、ふあああんっ」

『本当に平気なのかい。だいぶ具合が悪いんじゃ……』

「ひうううんっ、ホントに大丈夫なのおお」

俺の目の前で、少女の白い身体が跳ねる。

しなやかな裸体を晒す澪は、シーツに四つんばいとなって官能に悶えている。

「ほらほら、あんまりはしたない声を出すと、淳くんに気づかれちゃうぞ？」

「あんっ、そんなにツキツキしたらいやあああん、許してえ、パパあ」

身悶えるわけは、背後から牡の怒張でずっぷりと貫かれているせいだった。澪の純潔を奪ってから数日の間、従順な快楽の虜へ仕上げていたのだ。

『パパ？　お父さんがそこにいるのかい』

「ううん、違うの、誰もいないよ。疲れたせいか立ちくらみがしただけ、心配かけてごめんね」

休日の昼間、自分の物にしたアイドルをベッドで弄ぶのは、これ以上ない愉悦だ。プレイの一興として彼氏に電話をかけさせ、その反応を眺めるのも最高だった。

「ずいぶんと持ちこたえるね。でもこれでどうかな」

「きゃあああんっ、激しくズンズンしちゃダメええっ」

『澪っ、澪、なにをしているんだい、なにがダメなんだい？』

スマホの向こうから、訝しげな彼氏の声が聞こえてくる。

まさか澪がとうに処女を奪われ、俺の愛玩具になっているなど想像もしないだろう。

「んんんっ、ダメえっ、ああ、違うの淳くん。ダメじゃなくって、うう」

『心配だよ。いまからでも会いに行こうかい？』

「いいのっ、本当に平気だからっ、もう切るね。それじゃあ、また……」

『待ってくれ、澪っ、ああ……』

プツンと通話を切れば、淫靡な吐息に満ちた、二人だけの空間へ戻る。

「おやおや、もう止めるのかい。あんなに淳くんと話したがっていたのに」

「ううぅっ、ひどい。パパッたら、いきなり淳くんに連絡させておいて、イタズラするなんて……」

「ふふふ、澪だって淳くんと話して感じていたじゃないか。こうして締まりもよくなったしね」

焦らすような腰つきで、緩やかな抽挿を繰り出せば、可憐な小鳥の囀りが聞こえる。

「ひゃあぁあんっ、腰を動かさないでえ、感じちゃうのおお」

あの男と会話した途端、蜜壺はキュッと蠢き、俺の逸物を熱く絞り立てていた。

「最初はあんなに僕を嫌っていたのに、いまはしおらしくなって。澪は意外とかわいい性格だね」

「くすん、だってパパが控え室に来るなんて、思わなかったんだもの」

純潔を奪われたあと、正体を明かしても澪はそのまま従順に懐いていた。

俺のことをパパと呼び、こうして淫らなプレイにも興じている。

「誰にも澪を渡したくなかったからね、だから少々小細工をしたのさ。僕を嫌いになったかい？」

「ううん、パパがそこまでしてくれるなんて思わなかったから。私、強引な人に弱いの」

「そうか、にしてもいつから僕が彼氏でないと気づいていたんだい？　途中から反応が変わったみたいだけど」

「んんっ、それは、手つきがいやらしかったから……淳くんはもっと優しく愛しくれたもの」

「でも少し乱暴にしたほうが、澪はいっぱい感じてくれるみたいだねえ。ほら、こうすると」

「きゃあああんっ、おっぱいムニュムニュしちゃいやあああん」

よく実った乳房と悩ましげにくびれたウエストは、理想的なボディラインを描く。心なしか抱けば抱くほど、澪の美巨乳は大きさを増しているようだ。

「んんうぅっ、キスも手つきもパパは乱暴よお、それに……」

「それに、なんだい？」

言いよどむ澪を急かすため、少々きつめの腰使いでヌルヌルの蜜壺を突き上げる。

「あああんっ、そんなにしないでえ。おち×ちんが、おち×ちんがおっきいの。淳くんの硬あいおち×ちんよりも、パパのほうが大きいのおおお」

「まったく、ち×ぽの大きい男のほうが好きだなんて、とんだ淫乱だね。アイドルとは思えないよ」

澪を責めながらも、ち×ぽのサイズが上と言われ、心底勝ち誇った気分に浸る。思わず緩やかだったピストンも、つい激しさを増してしまう。

「はあああ、アイドルだからだもん。いっぱいエッチしたほうがいい女になれるって、雑誌に載ってたんだものお」

「そんな記事を鵜呑みにするんじゃありません。ん？　いっぱいエッチというのは、まさかパパ以外ともエッチをするということなのか？」

「うっ、そんなことっ、ありません……」

鋭い指摘に一瞬、ビクリとするがすぐに素知らぬふうを装う。

「すぐにバレる嘘をつくんじゃない。まさかと思うが、あのあとも淳という男と会っていたんじゃないだろうね？」

「ああん、イヤン、会ってないですうう。ただ、ダンススクールの帰りで待ちぶせをされただけなの」

「それを密会というんだ、まったく悪い子だ。パパの目をかすめて、男と逢引きするとは」

「だってぇ、淳くん優しいんだもん。パパみたいに意地悪しないから、はあああんっ」

「会っただけなのかい？　まさか、それ以上のことはしていないだろうね」

「ええ、それは……」

返答に詰まる澪は、紅潮《こうちょう》した頬をさらに赤らめる。

あきらかに俺に隠れて、彼氏とよからぬことをしたという顔つきだった。

「ほほう、言わないと、もっとおち×ぽをズンズンしちゃうよ、ほらほらっ」

「ああん、やめてえっ、んんうっ、しました、キスだけ、したのお、はあああんっ」

腰をがっしり掴み、獣のようなピストンを繰り出せば、たまらない悲鳴があがる。

うっとりと呆《ほう》けた顔で、ついに彼氏との秘密の逢瀬を白状する。

「キス、だって？　もしや澪のほうから望んだのかい？」

「ううん、違うの。お話ししていたら、いきなり淳くんに迫られて、キスされちゃった。とっても気持ちよかったの、ああんっ」

「嬉しそうに言うんじゃない。パパという者がありながら、他の男とキスするなんて」

甘いキスに陶然《とうぜん》とする少女の姿に、嫉妬の炎が燃え上がる。

妬心が憤怒《ふんぬ》へ変われば、こわばりをさらに押し入れ、激しいピストンで責め立てる。

「でもお、淳くんにバージンあげられなかったし、せめてキスだけはって、キャアアアッ」

「本当にいけない子だ。キスだけですんだことが不思議なぐらいだよ、まさか……」

「はうんっ、ホントにキスまでだよお。それ以上はしてないのお……」

雄々しい突き込みを受け、さすがに嘘はついていないように見えた。

「うう、だけど強引に迫られたらエッチしちゃうかも。淳くんのこと、いまでも好きなんだもん」

「くううっ、澪っ」

なんて娘だっ、こうして俺に抱かれながら、彼氏のことを思うなんてっ。

「まったく油断も隙もないな。もう二度とそんな気が起きないように、たっぷり躾けてやらないと」

「あああんっ、ごめんなさいいいっ」

腰の動きを加速させ、休日のベッドルームにジュブジュブと淫らな水音を響かせる。

「ひゃあああんっ、もうダメえ、それ以上しないでえええええ」

「許すわけにはいかないよ。澪がキスしたことを、反省しないかぎりはね」

「アンッ、パパのおち×ぽ、ググって大きくなってるうう、すごいぃい」

認めたくはないが、澪が他の男に抱かれる姿を想像するだけで、昂りも増す。

「当たり前だよ。澪がこんな淫らではしたない娘だとは思わなかったからねえ」

「はううんっ、もっとツキツキしてえ、パパのおち×ぽ大好きぃいい」

パンパンと乾いた打擲《ちょうちゃく》音を部屋中に轟かせ、少女のしなやかな肢体を責め苛《さいな》む。

姉妹の中でも一番かと思われる名器ぶりに、怒張も臨界点を越えそうだ。

「アンッ、ひゃううんっ、もうダメえ、パパのおち×ぽでイッちゃう、イッちゃうのおおおお」

「ううっ、パパもイクよ。澪のおま×こに大人ち×ぽで、いっぱい出してあげるよっ」

「嬉しいいっ、いっぱい出してえ。淳くんを忘れるぐらい、おち×ぽミルクをドックンしてえええ」

ギュッとシーツを握りしめ、身体中をこわばらせた澪は、最後の瞬間に備える。

怒張がいまだ未成熟な子宮の奥底を突いた瞬間、ぶわっと熱い血潮が膣内で弾ける。

「あああんっ、ダメえっ、イッちゃううう、パパあっ、淳くうううん」

俺と彼氏の名前を同時に叫びながら、澪は絶頂の極みへ達していた。

官能に蕩ける表情を晒しながら果てる美少女は、男にとって最高のショーだ。

「ぐううっ、澪っ、たまらん、僕も出るぞっ。アイドルのおま×こは最高だっ」

「ああん、パパのおち×ぽも最高っ。もうこのおち×ぽじゃないとダメなのおおおお」

びゅるびゅると粘性を持った男の精が、十六歳の少女の膣内で放出されていた。

成熟した牡の精は、粘膜の隅々まで犯し尽くそうと荒れ狂い、染み渡る。

「はあああ、おち×ぽミルクがいっぱいぃ。パパあ、好きなのお……」

「ふううう、澪、とってもよかったよ。キツキツでヌルヌルのおま×こ、気持ちよかった」

精をすべて吐き出し脱力感に捕らわれれば、ゆるりと澪の背中へ重なる。

「んふうう、パパ。このままずっとひとつにい、んんうう……」

荒い息のままひとつに重なれば、高鳴る心臓の鼓動に耳を澄ませつつ、快楽の余韻《よいん》に浸っていた――。

「ふう、昼間から、こうして風呂に入れるなんて。やはり、この家を手に入れてよかったなあ」

熱気湧き立つバスルームは、浴槽もタイルも壮麗《そうれい》な大理石調の造りになっている。まるで映画に出てくる成金屋敷の浴室の如き、広さと華やかさだった。

「豪勢な風呂に、旨い酒。そして隣には、かわいい娘ときたものだ」

「パパったら、なんだかオヤジくさーい。それに、昼間からお酒を飲むなんて」

激しく交わったあと、汗を流すため、こうして澪といっしょに入浴していた。

徳利《とっくり》に入れた酒に舌鼓《したつづみ》を打ちつつ、心身共にリラックスする。

「ふふ、これも大人の特権だからね。あ、澪はまだお酒はダメだよ」

「わかってるもん。アイドルの飲酒なんて格好のスキャンダルなんだから、そんなことしませんよーだ」

「はは、昼間からセックス三昧《ざんまい》で、爛れた性生活を送るほうが、よっぽどスキャンダルじゃないかな」

「ひどーい、パパが無理やり求めてきたのにい。いくら美樹姉たちがいないからって、ちょっとケダモノすぎよお」

美樹と玲は買い物があるということで、朝早くに二人で出かけたままだ。

咲良も友だちの家へ遊びに行くと言ったきり、いまだ帰ってはこない。

「本当にこの家の風呂は広いな。安アパートのシステムバスとはエラい違いだ」

「ふーん、パパったらそんなところに住んでいたんだ。私たちからしたら、これが普通だからよくわかんない」

「フン、お嬢様め。いままでなんの不自由もしたことないブルジョワ娘は、こうしてやるっ」

「やーん、さわらないでぇ。エッチはベッドの上じゃないとイヤなのにぃ」

手をわきわきさせながら、じゃれ合うようにして、澪の身体を揉みしだく。

たちまち降参する少女に、ついノリノリになって変態オヤジを演じてしまう。

「かわいいことを言うじゃないか。これで浮気癖さえなければ、澪は理想の娘なんだがなあ」

「うふ、でも私が淳くんの名前を出したほうが、パパもいっぱい感じてくれるみたいだし。こういうのもいいでしょ？」

「まったく、澪にはかなわないな……」

少女らしい柔らかな肢体と、年齢にそぐわぬ艶めいた微笑に、逸物がまた兆しそうだ。

なんとか我慢しつつ、ひとしきり楽しんだあと、再び湯船に浸かりゆったり寛《くつろ》ぐ。

「はいどうぞ、パパ。お酌《しゃく》してあげるね」

「おお、すまないな。澪もお酌が上手いじゃないか」

プロの酌婦を思わせる注ぎ方に少し驚きつつ、お猪口《ちょこ》を傾ける。

まして現役美少女アイドルのお酌なのだから、その味は格別だ。

「それにしても、美樹たちは遅いな。夕方近くには帰ってくるという話だったのに」

「もう、パパは美樹姉や玲がそんなにいいの？　私が淳くんとキスしただけで、あんなに怒ったのにい」

美樹たちのことを口にすれば、途端に澪は不機嫌になる。

俺が姉たちと関係を持っているのはとうに承知でも、納得いかない面もあるのだろう。

「いや、べつにエッチがしたいわけでは……ただ家族として心配なだけさ」

「どうだか。今夜は美樹姉や玲も加えて三人いっぺんに、とか考えていたんじゃない？　パパったら、エッチは底無しなんだもん」

「ふふ、それは褒め言葉と受けとっておこうかな。うん、なんだ？」

そろそろ酒が足りなくなったかと思ったら、ドタドタと騒々《そうぞう》しい足音が響く。

次の瞬間、バタンッ、と浴室の扉が大仰に開けられる。

「お姉ちゃんもパパちゃんもずるーいっ。咲良もいっしょにお風呂に入るのー！」

「キャッ、咲良？　いつ戻ったのよ？」

「こらこら、いきなり入ってきちゃダメじゃないか。しかもそんな格好で」

バスタオル一枚だけを纏った咲良が、仁王立ちで俺たち二人を睨みつけていた。

「もう、パパちゃんたら。咲良という者がありながら、澪お姉ちゃんとお風呂に入るなんてえ、この浮気者お」

「なんですって。まさかパパ、咲良みたいな子供にも……」

「誤解を招くような発言はよしなさい。それよりも、いつ帰ってきたんだい？　おかえり、咲良」

たしかに以前、書斎で咲良と痴態に興じたことはあった。

もっとも、それ以降は忙しかったこともあり、咲良との関係は有耶無耶《うやむや》になっている。

「うん、ただいまあ。でも、パパといっしょにお風呂に入っていいのは咲良だけなんだから、えいっ」

「うわっ、咲良、なにをっ」

挨拶したかと思えば、問答無用でダダッと駆け出し、突如湯船へダイブする。

激しい水しぶきが飛び、あまりにも奔放《ほんぽう》な咲良の行動に、さすがの澪も呆れ果てる。

「キャアンッ、いきなり飛び込むんじゃありません。なんてはしたない子なのお」

「ぷはあっ、ふふ、どうかな、咲良の飛び込み。上手になったでしょ」

「はあ、やれやれ、まったく、行儀の悪い子だね。何度注意しても聞かないんだから」

「もうっ、咲良は私の話を聞かないんだからあ。美樹姉が帰ってきたら、たっぷり絞ってもらわないと」

「ふええ、美樹お姉ちゃんに告げ口しちゃイヤだよお。澪お姉ちゃんの意地悪う」

「よしよし、大丈夫だよ、これぐらいで怒られたりはしないから。でももう少し、レディとして慎みは持ってほしいけどな」

「みゅふふう、パパはやっぱり優しいな。咲良も大好き」

水しぶきで顔をグショグショにされても、俺は優しげなパパの顔を崩さない。頭をナデナデしつつ、怯える咲良をあやしてあげれば、あっという間に笑顔に戻る。

「それにしても、いつ帰ってきたんだい。いきなりお風呂に入ってくるなんて、驚いたよ」

「だってえ、帰ってきたら誰もおうちにいないんだもん。そしたら、お風呂からパパと澪お姉ちゃんの楽しい声が聞こえたから」

「だからって、こんな乱入の仕方はないでしょう。お姉ちゃんも驚いちゃったわ」

ほっと息をつく澪だが、それは二人の淫らな戯れを見られなかったせいだろう。

「僕たちの声って、それはお風呂だけかい？」

まさかと思うが、部屋でしっぽり情事にはまっている声まで聞かれたかもしれない。

「お部屋で？　ううん、咲良が帰ってきたときは、もうお風呂に入っていたじゃない」

「そうか、よかった。いや、ならいいんだよ」

「おかしなパパね。あ、まさか澪お姉ちゃんと二人で美味しいものでも食べてたの？　ずーるーいー、咲良も食べるぅ」

キョトンとしたあと、急に食い意地の張った顔になるあたりは、本当に子供だ。

しかし、その屈託のないあどけない表情に、俺は心中で安堵の息を漏らす。

「はいはい。こんどは咲良といっしょに食べようね」

(よかった、咲良には気づかれていないようだな。この間のイタズラのあとも、子供っぽい性格のままだ)

俺と澪が二人きりで風呂に入っていても、まるで不思議に感じていない。

(てっきりまた求めてくるかと思ったが、ただじゃれつくのみで、それ以上の行為に

は発展しなかったな）

末妹として、姉たちからかわいがられてきたみたいだし、子供っぽいのはそのせいか。

あまりにも幼い仕草に父性が疼くも、当の咲良は鼻をしかめていた。

「むう、なにこれ。変な匂い、うう……」

「くす、お酒の匂いだけで酔っちゃうなんて、咲良はまだまだ子供ねえ」

「これがお酒なのお。だって初めての匂いなんだもん、気持ち悪いよお」

たしかに俺の来訪まで未成年しかいなかったこの屋敷には、酒は珍しいのだろう。

「お酒の味は大人にならないとわかんないもんね。まだお子ちゃまの咲良ちゃんには難しいかなあ、うふふ」

「もう、澪お姉ちゃんたら、すぐ大人ぶるんだからー」

自分だってまだ未成年のくせに、澪はやたらお姉さん風を吹かすなあ。

（しかし四姉妹の中でも、玲は美樹と、咲良は澪と、それぞれ歳の近い者同士で仲よさげに見える）

「咲良も澪も仲がいいねえ。やっぱり姉妹は仲がいいのが一番だねえ」

「澪お姉ちゃんは意地悪だから嫌いだもん。それよりもパパ、お酒なんて悪い大人が飲むものだよ？　そんなの飲んじゃダメえ」

「あーら、美樹姉に怒られて泣いてたときに慰めてあげたのに、そういうこと言っちゃうんだー、お姉ちゃん悲しいなー」

「わかったよ、熱燗《あつかん》も空みたいだし、もう飲まないよ。さあ、澪も咲良もこっちへおいで」

こうして姉妹のやりとりを見ているだけで、なんだか幸せな気分になってくる。

「はーい、パパちゃんとお風呂に入るなんて久しぶりだよねー」

「もう、パパったら、咲良にだけは甘い顔をするんだからあ、ずるーい」

咲良が右からじゃれつけば、負けじと澪も左脇からすり寄ってくる。

「はあ、こうしてかわいい娘二人に甘えられて、いっしょに風呂に入るなんて、幸せだなあ」

「咲良もパパといっしょが好きー。こんなふうにみんなでいっしょにお風呂に入るのが夢だったんだあ」

「あ、こら、咲良ったらそんなにベタベタしてえ。私がパパを独占できると思ったのに」

澪といい雰囲気になりかけたが、咲良の乱入で拍子抜けしてしまった。

しかし、こうして三人で広い風呂に浸かれば、艶事などどうでもよくなってしまう。

「ふにゅうう、なんだかいつもより気持ちいいなあ。パパとお姉ちゃんと、いっしょに入ってるからかなあ」

「やっぱり猫みたいで、かわいいなあ、咲良は」

四人姉妹と暮らして、改めてみんなが類希《たぐいまれ》な美貌を持っていることに感動する。

（美樹や玲、そして澪も美しいが、咲良もいずれは。いや、このままの状態が一番美しいのかもな）

ふだんはツインテールにしている亜麻色の髪を撫でながら、かわいさに口元が緩む。長い睫毛にいまだ成熟していない幼い鼻筋は、ロリータの魅力に溢れている。

「うん、なあに、パパあ。そんなにナデナデされたら、くすぐったいよお」

「ごめんごめん。こんなふうにいっしょにいられて、幸せだなって思っただけさ」

「にゅふふう、咲良もこうしてパパといっしょにお風呂に入れて、嬉しいのお」

（澪は十六歳とは思えぬプロポーションだが、咲良のほうは本当に子供だ。でも……）

ようやく芽吹きはじめたばかりの瑞々しい肢体は、つるんとした扁平《へんぺい》な胸だ。

（成長期特有のかわいらしい乳房だ。澪みたいなけしからんおっぱいもいいが、これ

もまた格別だな）

いまが食べ頃のロリータ盛りボディに、再び妖しい感情が芽生えそうになる。

もっとも咲良のほうはそんな視線に気づくことなく、どこか眠たそうに瞼を閉じている。

「あうう、なんだか眠くなってきちゃったよお、パパあ……」

「おや、どうしたんだい咲良？　ちょっと顔が赤いな。もしかしてアルコールを吸ったからかな」

「あらまあ、子供だから、お酒の匂いだけで酔っ払っちゃったんじゃない？」

「ふみゅううう、なんだかすごくいい気分だよお、パパあ……」

「うわ、お風呂の中で寝るんじゃない、溺れちゃうぞっ」

寝息を立てたまま、ブクブクと湯船へ沈もうとする咲良を、慌てて引き上げる。

「困ったな、とにかく咲良を風呂から上げないと、って澪？」

「いいんじゃない、そのままにしておけば。それよりも、ねえ、パ・パ」

咲良を抱いて風呂から出ようとすれば、耳元にくすぐったい息が吹きかけられる。

「うおっ、澪っ、ダメじゃないか、そんなところを触っちゃ、くうっ」

「パパったら、さっきまで私のことをあんなに愛してくれたのにい。つれないなあ」

不意にイタズラっぽい笑みを浮かべたかと思えば、しなやかな手が股間に触れる。

咲良ばかりかまっていたせいか、どこかヤキモチを焼いているふうにも見える。

「キャッ、おち×ちんはもうこんなにカチコチ。私をお風呂に誘ったのだって、エッチするためなんでしょ？」

「澪がお風呂でエッチはイヤといったんじゃないか。ぬうっ、おっぱいをそんなすり寄せてはダメだぞっ」

「そんなこと言ったかしら？　第一、パパのガチガチおち×ぽ、もう我慢できそうにないみたいよ」

素知らぬふうでとぼけながら、いきり立つ肉棒をシコシコと扱き立てる。

「そりゃまあ、もちろん下心はあったさ。でもいまは、側に咲良がいるじゃないか」

「くすっ、咲良はいま寝てるじゃない。ベッドの続き、したくないの？」

(まったく、なんておっぱいだ。柔らかいのに弾力があって、女子高生のおっぱいとは思えんな)

これみよがしにGカップを押しつけられれば、ドクドクと血脈が下半身へ流れ込む。

「もう、パパったら、急に真面目になるんだもん。おち×ちんは、さっきからカチンコチンになってるのにい」

「僕はいつも真面目だよ。父親代わりとして、娘の教育上よくないと思っただけだけさ」

「とかなんとか言ってえ、知ってるんだから。パパが咲良をいやらしい目つきで見てたことを」

「むっ、それはだね……気づいていたのか。澪はめざといな」

「うふふ、私や美樹姉たちともエッチして、咲良だけ仲間はずれはかわいそうでしょ。あの子に見せちゃおうかしら？」

そういうものなのかと思うが、澪からすれば姉妹平等というのが重大事なのだろう。妖しい笑みと共に首に腕を巻きつけ、甘ったるい声で囁いてくる。

「ね、知ってる、パパ？」

「なにをだい、ううっ、くすぐったいな」

「咲良もね、ちゃあんと赤ちゃんが産める身体なんだから。中学生になって初潮を迎えたみたいなの」

「本当かい？　まだ子供だと思っていたのに」

「ええ、前に美樹姉が言ってたわ。だ・か・ら、咲良に見せつけちゃいましょ、んふ、んんんんう」

プチュリと柔らかで温かい唇に、有無を言わさず口を塞がれる。

「むふうう、まったくなんていやらしい子になったんだ、澪は」

舌を絡めながら、少女の痴態に啞然とする。

淫蕩な輝きを帯びた瞳は、まだ女子高生というのに天性の娼婦のそれだ。

「んちゅううう、もう、パパがこんな身体にしたんだからあ。責任とってよねえ」

「わかったよ。さっきは後ろから澪を楽しんだけど、それじゃ今度は……」

のぼせないよう、咲良をタイルへ寝かせると、おもむろにバスタブから立ちがある。

ちょうど澪の眼前にそそり立つ肉棒が入るようにして、少女を圧倒する。

「キャッ、おち×ぽすごいギンギン。ベッドであんなにたっぷり出したのにいい」

「ふふ、今度は澪のおっぱいでしてもらおうかな。できるかい？」

「ええっ、それってパイズリって行為でしょ？　ホント、パパは変態さんなんだから
あ、娘にそんなことさせるなんてえ」

「イヤなのかな。澪のおっぱいは大きいし綺麗だから、僕のち×ぽをシコシコしてほしいんだ」

「うう、イヤとはいってないけどお。でもこんなの初めてだから、上手くできなくても怒らないでね？」

少し躊躇う素振りを見せるが、紅潮した頰は未体験のプレイへの期待に満ちている。

「怒ったりしないさ。さあ、早くしておくれ」

「キャンッ、おち×ぽおっぱいにグリグリしないでえっ、んもうっ」

待ちきれず、膨張したペニスをGカップへ押しつければ、かわいい声をあげる。

「んん、それじゃあおっぱいでするよ、パパ。はううっ」

「ああ、パパのち×ぽも、もう我慢できそうにないよ。澪のおっぱいが欲しいんだ」

両手に余る美巨乳に手を添え、たわわな膨らみをプニュニュンッ、と持ち上げる。

白い肌が赤く染まるのを見れば、澪も初めてパイズリに興奮しているようだ。

「はあ、こんな硬くて大きなおち×ちん、おっぱいでできるのかな。んんんっ、はううっ」

意を決し、たわわな膨らみで逸物を愛撫すれば、バスルームに官能の吐息が溢れる。

「ぐふうっ、おおおっ、いいぞ。これが澪のおっぱいなのかっ」

「ああんっ、なにこれえ。パパのおち×ぽ、とっても熱いのおおお」

滑らかな十代の肌に包まれ、自慢の逸物は危うく果てそうなほどの衝撃を受ける。

「はああ、すごいガチガチぃ。こんなおち×ぽを私ってば、毎日入れられてたんだああ」

「ぬうっ、澪のおっぱいも柔らかくて最高だよ。パパのち×ぽを、こんな易々《やすやす》と包み込むとはねえ」

「ああんっ、こんなに熱くて硬いおち×ぽだったなんてえ、おっぱいが溶けちゃううう」

蜜壺に受けてきた怒張の熱を直《じか》に美乳で感じ、少女の肢体が震える。

だが肉棒も奉仕を受け、早くも精を放出したいと強烈に訴えている。

「さあ、澪、もっとおっぱいで扱いてくれ。パパを感じさせておくれ」

「うん、わかった。それじゃあいくね、キャアッ、おち×ぽ動かしちゃダメえ」

「ふうう、もっと強くだ。でないと僕のち×ぽは満足しないよ」

「んんん、だっておち×ぽがズンズンって動くんだものおお。おっぱいでシュコシュコできないのお」

口では戸惑いながら、寄せて上げたおっぱいで懸命にパイズリを開始する。

「うんんっ、ジュポジュポって、エッチな音がおっぱいから出てるう、はあああ」

「澪のおっぱいが気持ちいいからだよ。くうっ、柔らかいのにプリプリしてるよ」

「ホント？　パパに褒めてもらえて嬉しい。もっとムニュムニュしてあげるっ」

「くおおっ、上手いぞっ、澪は呑み込みが早すぎるな。いきなりそんな上手になるなんてっ」

美樹や玲のマシュマロみたいな感触もよいが、澪のおっぱいもまた絶品だった。若さに勝るせいか、キュウキュウと弾んで、ち×ぽに吸いついてくる。

「ああん、パパのおち×ぽ、おっぱいに入りきらないの。んんっ、先っちょがピョコピョコ飛び出してるうう」

「むうっ、今度はお口でか。まったく、教えてもいないのに、なんでそんなに詳しいのやら」

Gカップバストから飛び出る怒張の先端を、器用にチロチロと舌で責め立てる。

「んふふ、実は以前、淳くんのおちん×んをフェラしてあげたことがあったの。エッチはダメって拒否ったら、じゃあお口でって言われて」

「くうううっ、彼氏とのフェラをそんな嬉しそうに語るんじゃないっ。悪い子だ、こうしてやるっ」

「あふううんっ、おち×ぽジュボジュボしちゃイヤああ、むふうううう」

激情が胸を駆け巡り、澪の頭を摑めば、無理やり剛直を口へねじ込んでゆく。

「はむううっ、パパあ、そんな激しいっ、ふみゅううううう」

「はあはあ、パパのほうが彼氏よりずっといいだろう？　どうだい、大人ち×ぽの味

「はっ」

「うんんっ、いいのおお、おち×ぽ太くて硬くて、あんんっ、最高ッ」

ジュボジュボと淫らな音を立てながら、おっぱいとお口のご奉仕を強要する。

脇では酔いから覚めかけた咲良が、うっすら目を開きはじめていた。

「ううん、パパあ、むにゅううう」

「ああ、咲良、起きたのかい」

思わずパイズリに夢中になっていたが、寝言を呟《つぶや》く咲良に我へ返る。

目を擦りながら不思議そうに、俺たちの行為を眺めている。

「あれえ、咲良、寝ちゃってたの？　って、ひゃああんっ、パパあ、お姉ちゃん、なにそれええええ」

「やっと気づいてくれたのかい、咲良。いま僕は澪のおっぱいを、ち×ぽで犯しているんだよ」

寝ぼけ眼《まなこ》を開き、正気に戻れば、二人の行為に心底から驚愕した声をあげる。

さっきまで甘えていたパパと姉が、目の前で淫らな行為をするなど想像もしなかったろう。

「ふえええ、パパのおち×ぽが。ああ、なんなのお、なんでそんなにおっきいのお」

「もっともっと驚いておくれ。そんなふうに目を丸くした咲良もかわいいからね」

「うそお、おち×ぽが大きくなって、お姉ちゃんのおっぱいにムニュムニュってえ、信じられないよお」

この淫らな光景を、無垢な少女へ見せつけられた喜びが胸いっぱいに広がる。

姉と爛れた愛欲を貪っているのを目の当たりにし、もはや言葉も継げないようだ。

「アン、咲良の声がしたら、パパのおち×ぽまた大きくなったのお。ふふ、ホントにエッチなおち×ちん」

「ああ、早く咲良にも、僕のち×ぽが射精するところを見せてあげたいね、澪？」

「アン、ダメよお、まずは私におち×ぽちょうだいい。咲良はそのあとでね」

十二歳の少女へ見せつけ、現役アイドルのおっぱいで果てるなど、至上の快楽だ。

甘美な愉悦に浸りながら、こわばりを包む感触に、官能は一気に昂っていた。

「はあはあ、咲良、もっとよく見ているんだよっ」

「アンンッ、むううううっ、パパあ、それ激しいいいい、んんんううう」

摑んだ頭をさらに激しく動かし、お口の中でジュボジュボと前後させる。

「これぐらいで音《ね》をあげてはいけないよ。咲良にたっぷり見せてあげるんだろう？」

「あむうう、みゅうううう、見てえ、咲良あ。お姉ちゃん、パパとこんなエッチなことしてるのおおお」

「くううっ、おっぱいとフェラの両方を楽しめるとは、やっぱり澪のおっぱいは最高だぞっ」

「はあああ、パパあ、澪お姉ちゃんもいやらしい、とってもいやらしいのおお。咲良、変になっちゃいそう……」

衝撃を受けた咲良も、いつしかうっとりした瞳で、二人の淫らな絡み合いを見つめていた。

頰は紅潮し、半開きになった唇からは、官能に溺れた吐息がこぼれ出す。

(ふふ、思ったとおりだ。咲良はこうして男女の交わりを見せつけても、嫌悪《けんお》を示すどころか、むしろ感じている)

「あああん、なにこれえ、パパあ、なんか変だよお。咲良おかしくなっちゃうよおおおお」

「これがセックスだよ。男と女が愛し合っておこなう、神聖な儀式さ」

「儀式？　アンン、でもなんだか身体がムズムズして、どうにかなっちゃいそうだよおお」

未体験の感覚に戸惑いながら、幼い肢体は確実に高みへ昇りつめようとしていた。

膨らみかけのピンクのニップルが、いやらしくしこり立っているのが、その証拠だ。

「もう、パパったら、咲良ばっかり見ないで、早く私のおっぱいでドピュドピュしてええええ」

「わかっているよ、僕ももうイキそうだからね。澪のお口とおっぱいにたっぷり出させてもらうよ」

「ああん、嬉しいっ、んちゅううううう」

ベッドの上で澪の中に五回は出したのに、俺の逸物はまるで衰《おとろ》えることはない。むしろ十代の少女たちと交わることで、さらなる活力を得たようにすら感じられた。

「はああ、もう出すよっ、澪のおっぱいは素晴らしいっ、くうううっ」

「ひゃううんっ、おち×ぽがまた太くうっ、そんなに入らないいいいい」

「パパのおち×ぽすごいよおお、咲良ももうダメえええええ」

完全に発情してしまったロリータの目の前で、すべての意識を開放する。

怒張から精を放出する瞬間、玄関の扉が開く音が聞えるも、もはや手遅れだった——。

「ただいまー、あら、咲良も戻っているのね。どこにいるのかしら？」

「姉さん、リビングにはいないみたい。でも電気はつけっぱなしだなんて、もうっ、これは澪のクセね」

「そうなの。でもたしかに家にはいるみたいだし、部屋に戻っているのかしら」

「あ、お風呂の給湯センサーが付きっぱなし。美樹姉さん、誰か入っているみたいよ」

「わかったわ。私が見てくる」

（この足音は、美樹たちか。風呂にくるようだが、もう……）

どうやら帰宅した美樹と玲は、俺たちが風呂にいると気づいたようだ。

小走りでこちらに向かってくるが、荒れ狂う性感の嵐を止めることはできない。

「澪、咲良、それとも……お風呂に入っているのよね。帰ってきたのだから返事ぐらいはしてもいいんじゃない？」

様子を窺う声と共に、バスルームの扉が開けられる。

その瞬間、そそり立つ肉茎は、天へ向かって官能のマグマを噴き上げる。

「うううううっ、出るっ、出るぞ、澪っ、咲良も見ているんだぞおおっ」

「あふうう、パパあああっ、先っちょからミルクがびゅくんびゅくんて、いっぱいいいいい」

「すごいのお、パパのおち×ぽから、白いのがたくさん出てるううう」

湯気が立ちこめる浴室で男の絶叫が響けば、少女たちもまた感動で声を震わせていた。

びゅるびゅると特濃ミルクを放出し、甘いバスルームをさらに淫らな空間へ塗り替える。

「あああ、おち×ぽから白いミルクがいっぱい出て、澪お姉ちゃんもいやらしくて。咲良、変になっちゃうよおお」

「パパのおち×ぽ大好きよお。もう淳くんのじゃ満足できないのお……」

「はあはあ、すごくよかったよ、澪。咲良もね……おや、お帰り、美樹。玲もいっしょかな？」

気怠げな悦楽の快感に酔いつつ帰着の歓迎をするが、美樹の表情は凍りついていた。

「あ、美樹お姉ちゃん、おかえりい。パパったらね、すごいんだよお」

「はふううう、んんん、パパのミルクで溺れちゃう。美樹姉ったら、いまいいところなんだから邪魔しないでえ」

「なにを……なにをしているのっ、あなたたちはっっっ」

酒と吐息に満ちた甘ったるい世界は、美女の怒号と共に我へと返る——。

「まったく、あなたたちときたら、昼でも夜でも見境がないんだから。なんですか、あんなところで破廉恥なっ」

十数分後のリビングで、俺たちは鬼の形相をした美樹の前で正座させられていた。

瀟洒なシャンデリアの照明が、まだ昼間というのに痛々しく突き刺さる。

「えー、でもお、美樹姉だっていつもしていることなのにい。なんで私が注意されないといけないのお？」

「なにか言ったかしら？　面白いことを言う口ね」

「いひゃい、痛いでしゅううう。美樹姉しゃん、ごめんなひゃいい」

グリグリと頰をつねられ、澪は全面的に謝罪していた。

（うーん、やはり母親代わりをしてきただけのことはあるなあ。澪に有無を言わせない）

いつものお嬢様らしい花柄ブラウスのかわいい格好だが、それでもすごい迫力だ。

「私に文句を言う前に、まずは自分のはしたない行為の反省をすることね。わかったかしら？」

「うう、なんで私がこんな目に。すべてパパのせいなのに……」

「わーい、澪お姉ちゃんが怒られてるー」

なぜか咲良はお咎めを受けず、ソファの上で修羅場《しゅらば》を眺めつつ、寛いでいた。

「くうっ、他人事《ひとごと》だと思って。あとで覚えてなさいっ、咲良」

「ずいぶんと余裕があるわね、澪。またほっぺをつねられたいのかしら?」

「ひっ、冗談です……」

ピシリと冷たい形相をする美樹の瞳は、けっこうな迫力がある。

日頃はイタズラな態度で姉をからかう澪も、凄まれれば完全に形無しだった。

(なんだ、このどこか抜けた小芝居は。意外と姉妹たちは、こういうやりとりが好きなのかもしれないな)

「まあまあ、美樹姉さん、澪も反省しているし。おじさまだって、ね?」

その仲裁《ちゅうさい》を玲がするのが、姉妹喧嘩のパターンなわけだな。

「なに言ってるの、玲。ここできちんと話しておかないと、あとでどうなることか」

「いや、待ってほしい。僕は君たちの父親代わりのはずなのに、なんで僕も正座させられているんだい?」

さすがにいつまで座らされていると、脚が痺れてくる。

「当然ですっ。あんなことを咲良の前でするだけでなく、未成年に飲酒までさせるなんてっ」

「むうっ、でもアレは酒気帯びの湯気を咲良が吸ってしまっただけで、飲ませていたわけじゃないんだが」

なぜこんなことをさせられねばいけないのか、だんだんと疑念も募《つの》ってくる。

「だまらっしゃいっ、あなたという人はっ。少し優しくされたから勘違いしていたけど、やっぱり鬼畜ですっ」

顔を真っ赤にして怒っているが、どこか恥じらっているようにも見える。

もっとも、激しい剣幕《けんまく》の美樹に、ビビってしまったことも事実ではある。

(ところどころで俺を褒めているし。やっぱり美樹は心底では、そんなに怒ってはいなさそうだな)

いちおうは長女として、妹の素行《そこう》を窘《たしな》めねばいけない義務感から怒っているのだろう。

「美樹お姉ちゃん、パパをいじめないであげて。咲良も、その、ああいうことしてみたいって思ったの」

「なんてことを。咲良、あなたはまだ子供なのよ、早すぎるでしょう?」

「美樹姉ってば、私たちもうパパに身も心も捧げちゃったのに、咲良だけ仲間はずれはかわいそうよ」

「そうよ、姉さん。私たちがこうして、この家でなに不自由なくすごせるのも、おじさまのおかげだし、もう認めてあげてもいいんじゃない？」

「玲までそんな。うう、私だってお父様を信じたいわ。でもあんな姿を見たら……」

妹二人になだめられ、さすがに美樹も狼狽えている。

初めの憤激もいくらか落ち着けば、玲のメガネの奥底がキラリと光る。

「大丈夫、美樹姉さん。私にいい考えがあるの」

「考え？　って、ああん、お父様ったらいつの間にそんなところに」

いちおう、美樹の長女としてのメンツは立てて正座してやったが、もうそんな必要もない。

「ふふふ、あんなところにいつまでも正座するなんて、父親のすることじゃないからね。それで、玲、いい考えとはなんだい？」

玲の隣に腰掛け、くすぐるように甘い息を吹きかけ、発言を促す。

「アン、おじさまくすぐったいです。んんん、それはもちろん、私たち全員がおじさまの愛人になることですぅ」

「愛人って……なんて破廉恥な。どうかしてるわ、玲……」

さらりとすごいことをのたまう玲に、美樹も絶句する。

「あ、私もそれさんせーい。パパってばすごくエッチが上手だし、うふふ、お金も持ってるし、言うことないんじゃなーい？」

「澪お姉ちゃんてば、一週間前と全然違うこと言ってる。前はパパのこと、すっごく嫌ってたのに」

「昔のことよ。過去にこだわらないのが、いい女の条件なの。お子ちゃまには難しいかなー？」

いつの間にか澪も正座をとき、姉妹いっしょに仲よく談笑の輪に加わっていた。

美樹もそんな光景に呆れ果てながら、どこか期待する表情だ。

「咲良が、おじさまとお風呂であんなことをしていたのはショックだったけど、私としてはむしろ好都合なの」

「玲お姉ちゃんも、パパと夜な夜なベッドの上で遊んでたもんねー。咲良、知ってるよ？」

「はうっ、それは……咲良ってば知っていたのね。恥ずかしい……」

まるで恥じらうことなく秘め事をしゃべる咲良に、玲も一瞬絶句する。

（やはり、俺と姉たちが寝室で淫らな行為をしていることに気づいていたのか。無邪

気な顔をしてても、姉妹はよく似ているな)

「おほんっ。とにかく、こうなってしまった以上、四人でおじさまを愛することに、なんの不都合もないもの」

やはり、どんなときでも、玲は俺の味方だ。

動揺しながらも、パパの意を汲《く》んで、望む方向へ議論を誘導してくれる。

「ありがとう、玲。君だけはなにがあっても、僕の味方をしてくれると信じていたよ」

「あ、おじさま、褒められるとなんだかこそばゆいです」

「玲はいつも綺麗だね。そのかわいい柄のお洋服も、君にはよく似合っているよ」

「まあ、お上手なんですから。でも、おじさまにそんなふうに言ってもらえて嬉しい……」

優しげな薄ピンクのカーディガンは、華奢で細身な玲にはよくお似合いだ。

紳士然とした態度で感謝の意を込め、柔らかな黒髪を弄んであげる。

「この黒髪も、いつにも増して輝いてるね。心の綺麗な女性は髪も美しい」

「んん、もっと撫でてください。ふふ、当然です。私はおじさまのしもべですから、キャッ」

自分でしもべと言っておいて、赤くなって俯《うつむ》いてしまう。今夜は玲を重点的に責めてやろうか）

（玲は従順でかわいいなあ、頬を抑えて赤面するなんて。

「玲お姉ちゃんったらずるーい。咲良もずっとパパの味方だよー」

そんな甘いひとときを邪魔するが如く、咲良が突っ込んでくる。

「ぐふぉっ、ゲホゲホッ、ふう、ありがとう、咲良もかわいいよ。あと、いきなりタックルで抱きつかないでもらえるかな」

相変わらず全力で飛び込んでくるから、咲良との付き合いには生傷が絶えない。

かわいいゴスロリ服がお似合いな美少女だが、お転婆《てんば》な性格もまた魅力的だ。

「えへへ、ねえ、パパ、お願いがあるんだけど」

「なんだい。僕でできることなら、してあげるよ」

「くす、大丈夫だよ。パパにしかできないことなの」

さっきまで暴れていたのに、よく動く瞳を潤ませると、途端にしおらしくなる。

気のせいか、甘ロリ服のフリルもどこか期待に揺れている。

「今夜は咲良も、パパのベッドに入ってもいいかな？　お姉ちゃんたちみたいなこと、してみたいな……」

「咲良、それは……」

子供だと思っていた咲良が急に頬を赤らめ、女の顔つきで求めくる。

どこか大人びた横顔は、官能の味を知った罪深い笑みを讃えていた。

「いいのかい？　咲良」

「うん、いいの。パパは優しいしかっこいいもん。パパとなら咲良の大事な物、あげてもいいかなって思ったの……」

「ダメよ、咲良。おじさま、今日は私をかわいがってくれる日ですよ？」

「えー、玲お姉ちゃんはパパにいっぱいかわいがってもらったんでしょ？　咲良だって、お姉ちゃんたちと同じになりたい」

「そんなに望まれてもねえ。いまはそのせいで美樹に叱られたばかりだしなあ」

「うふふ、いいんじゃない、パパ。もう隠す必要もないわけだしい、少し見せてあげるぐらいなら」

咲良に寄り添う澪は、柔らかな髪を撫でつつ、淫蕩な笑みを浮かべている。

「そうだよお。さっきのお風呂でのアレ、パイズリっていうんでしょ。咲良もあんなことしてみたいなあ」

「こらこら、まだ中学生がそんなこと言うんじゃありません。いったいどこで覚えたんだか」

「さっき私が教えてあげたの。咲良ってばエッチに興味津々みたいよ。話を聞いたら、パパと早くしてみたいって目を輝かせちゃって」

「澪が原因なのか。まったく、油断がならないな」

幼いわりに耳年増《みみどしま》なところがあると思ったが、まさかそういうことだったのか。

仲がいいといっても、エッチな情報まで共有しているとは思わなかった。

「澪、ずいぶん用意周到だな。でも、まだ十二歳の咲良には早いんじゃ……」

「これぐらい、咲良の歳なら普通よ。あ、でもまだお子ちゃまなんだから、エッチは見学だけにしましょうねー」

「えー、なんでー、澪お姉ちゃんだっていっぱいエッチしてたくせにぃ。咲良ももう大人のレディだもん、平気だよー」

「無理です。おじさまのおち×ちんは、すっごく大きいのよ。咲良のちっちゃい身体じゃ壊れちゃうわ」

「玲お姉ちゃんまで、そんなこと言うんだ……」

俺を囲む姉妹たちは、まるで買い物の相談でもするように和やかなムードだった。

(かなり際どい内容をしているのに、まるで恥じらってないな。姉妹でこんな会話を

するのに慣れているのか）

「お風呂では澪お姉ちゃんもいっぱい感じてたよお。どうして咲良はダメなのお」

「あら、私は大人だもん。くす、咲良ちゃんは、もう少しお胸が大きくなってからでないとねー」

色っぽくしなを作るタイトなキャミソール姿の澪は、たしかに女子高生には見えない。

とても、咲良と四つしか年齢が離れているとは思えなかった。

「そうよ、咲良。お姉ちゃんもおじさまと結ばれるまではつらかったの。ここは、あと何年かは我慢しましょうね」

初めてセックスしたときを思い出しているのか、玲の頬も恥じらいに染まっている。

「お姉ちゃんたち、みんなして咲良にそんなこと言うんだ。ううう」

少し意地悪なようで、澪も玲も咲良のことを思いやっている。

（咲良としても仲間はずれはイヤなのだろう。でも澪たちの気持ちもわかるし。そうだな、そうしよう）

ここはパパとして、大事な娘たちを導かねばならないようだ。

「みんな、ならこうしようじゃないか。今夜は咲良に見学をしてもらうために、四人全員で僕の寝室にきてもらうというのは、どうかな？」

我ながら名案を思いついた顔をするが、当の娘たちは呆れた顔を浮かべていた。

「パパったら、ホントエッチなんだから。咲良にかこつけて、自分が楽しみたいだけなんじゃない？　まあ、私としてはそれも面白そうだけど……」

「おじさま、それはちょっと虫がよすぎると思うの。その、全員を相手だなんて、恥ずかしすぎます……」

「うっ、鋭いな。いや、そんなことはないよ。僕はただ、みんなが仲よくすごせる方法を考えただけさ」

あからさまな白い目で見られたじろぐが、助け船は意外なところからやってきた。

黙って俺たちのやりとりを見ていた美樹が、重い口を開く。

「うう、みんなでそんな和やかに話をして。長女の私を無視しないでよお」

「あ、美樹姉、まだいたんだ？」

「ひどいっ、ひどいわ、澪ったら。私はみんなを守るために頑張ってきたのに……」

「えー、美樹お姉ちゃんが咲良たちを守ってくれたのー？」

「うーん、守っていたというか、私たちに隠れておじさまと仲よくしていただけというか」

「そうよね、パパとあんな楽しいことしてたんだから、むしろ抜け駆けっていうべきじゃない？」

口々に姉を敬《うやま》うどころか、まるでおもちゃを弄るように責め立てる。

「ううう、私だって、お父様にもっと甘えたいの。そんなこと言わなくってもいいじゃない」

涙目になりつつも、美樹はけっこう独善的なことを言うな。

幼い頃から父性に飢えていた彼女にとって、パパとのひとときはかけがえのない安息の時間なのだろう。

「まあまあ、待ちたまえ。そんなにお姉さんを苛めなくてもいいじゃないか」

「お父様……ありがとう。妹たちになんとか言ってあげてください」

「あら、パパってば、美樹姉の肩を持っちゃうの。さっきまで正座させられてたのに」

「姉さんたら、そんなおじさまにべったりして、独り占めなんてずるいわ」

「そうよー、美樹お姉ちゃんだけパパといっしょなんて、ずーるーいー」

いつしか姉妹たちの声は、美樹への非難一色に染まっていた。

「おいおい、君たち、そんなにお姉さんを責めないであげてやってくれ」

さっきまでの公開説教は、なぜかパパを奪い合う修羅場へ変化していた。

責められていたはずの自分が、今度は美樹を弁護する側に回っている。

「これでも僕は、パパとしてみんなを平等に扱いたいと思っているんだよ。澪だって、姉妹でパパを愛することができればいいって言っていたじゃないか」

「ふーん、私としてはパパのお世話は、ふだんは美樹姉に任せてもいいんだどねー。でもなんだか、独占しようとしてるのが見え透いてるんだもん」

「独占だなんて、そんなことありません。私はただ、この家の風紀《ふうき》を守ろうとしただけで……」

「とか言っちゃってぇ、パパのことを話すときは顔が赤いもん。美樹姉ったらなんだかんだで、もうパパにメロメロなのよねえ」

「ううう、そんなことは……」

「ハイそこ、メロメロとか言わない。あと、お世話とか、人を要介護老人みたいに言わないでほしいな」

容赦のない追及に言葉に詰まる美樹を見れば、庇ってあげたくなる。

もっとも、澪のほうは咎めても、ペロリと舌を出して悪びれるふうもない。

「いつも、パパのお相手をするのは大変なのよ。現役アイドルとしては、外でスキャンダルを抱えるよりも、お家の中でイチャイチャしたほうがいいしね」

「澪ったら、ついこの間までは、お父様なんて顔を見るのもイヤと言ってたのに」

「だってえ、アイドルとして人気が出たら、おちおち彼氏とデートもできないもの。その点、パパと暮らせば問題ないしね」

「そのパパと爛れた関係を結んでいるんだが、澪的にはそれでもいいのかい？」

「もちろん。要はバレさえしなければいいのよ。パパとのセックス、すごくストレス解消になるんだから」

「エッチがストレス解消だなんて、なんてこと言うのかしら。ふしだらすぎるわ」

美樹だけではなく、玲まで呆れた顔になる。

「澪お姉ちゃんてば、そんな理由でパパとエッチしてたんだー。なんだかイヤだな、そんなの」

咲良にもイヤと言われ、さすがにばつの悪そうな顔になる。

「もうっ、私のことはいいでしょっ。とにかく、いま話題にしているのは、パパとの関係を今後どうするかってことなんじゃない？」

非難の対象が美樹から自分に移ったことを察すれば、澪はすかさず話題をずらす。

（どうやら、議論も煮詰まってきたようだな。これはチャンスかもしれない）

「だから、さっきも言ったろう。ぜひ今夜みんなで集まって、僕たち家族がどうするか、ベッドの上で決めようじゃないか」

「パパったら、まだ諦めてないのね。でも、それには美樹姉が……」

「それにしましょうっ、お父様っ。私もみんなでベッドルームで決めることに賛成しますっ」

無下《むげ》に断られると思いきや、翻意《ほんい》した美樹が即座に賛成してくれた。

「えええっ、美樹姉さん、反対していたのにどういう風の吹き回しなの？」

「細かいことを気にするんじゃありません、玲。私、気づいたの。お父様と親睦を深めるには、やはりそれが一番よっ」

「やったーっ、美樹お姉ちゃんが賛成してくれるんなら、パパといっしょにエッチができるね」

(嬉しそうな顔をするなあ。パパとエッチをするのが楽しみだなんて、無邪気なのか、淫らなのやら)

幼い少女にとって、仲間はずれが一番イヤなのだから満面の笑みになるのは当然だ。咲良としては、家族いっしょにピクニックへ行く感覚で喜んでいるのだろう。

「美樹姉、上手くごまかしたわね。あ、でも咲良は見学までなのは、変わらないわよ？」

「えぇーっ、なんでー？　美樹お姉ちゃんも賛成したのにー」

「それはそれ、これはこれ。咲良はまだ子供なんですから、エッチはまだ早いの」

妥協《だきょう》してくれた美樹だったが、さすがに咲良の初体験までは許してくれない。

「うぅー、美樹お姉ちゃんまで、そんなこと言うなんてー」

「いやいや、咲良が望むなら、パパはいますぐでもいいんだけどねぇ……」

「お父様、冗談はそこまでになさってください。咲良に手を出すのは、もう少し待ちましょうね」

「うっ、イヤもちろん冗談だよ。今回はあくまでも見学だよね。わかっているさ」

目が笑っていない美樹に釘を刺されれば、なぜか萎縮《いしゅく》してしまう。

従順になったと思ったが、意外とまだ有無言わせぬ迫力があるな。

「ぶー、あんなにお姉ちゃんたちが気持ちよさそうにしていたのにー。咲良に意地悪するのお」

愚痴を言いつつも、物わかりのいい咲良は、最後にはおとなしくなる。

「どうやら、これで決まりみたいね。咲良も異存はないみたいだし。ね、お父様」

「もちろん、僕にも異論はないさ。美樹が受け入れてくれたんだから」

「あん、頭を撫でないでください。私は咲良じゃないんですよお」

「ふふ、すまないね。でも、このサラサラヘアの感触はクセになりそうなんだ。君たち姉妹の髪はみんな、絹のような手触りだからねえ」

「もう、お父様ったらあ。キャ、そんなとこまで触れてはダメですう」

「美樹姉ったら、ほーんとパパの前で猫かぶっちゃうのね。あんなに怒っていたのに」

「くす、でも美樹姉さんも、こうやっておじさまの虜になってくれてよかったです」

ふだんは表だって甘えはしない美樹だが、もう隠す必要もないと判断したのだろう。これまでの態度のきつさは、浮気したことに対する嫉妬もあったと思われる。

「だってえ、みんなの前ではおおっぴらに甘えられなかったんですもの。それに加えて、お風呂であんなことされたら……」

「そうか、でも安心するといい。これからは、姉妹揃って僕の側にいられるからね」

「はい。これでいいんですよね、お父様」

いろいろあったが、こうして美貌の四姉妹を虜にする目的は達成されそうだ。

「よかった。美樹姉さんも賛同してくれたし、これでもう思い残すことはありませんね、おじさま」

「そうだねえ、僕も姉妹が仲直りしてくれてひと安心さ。やっぱり、かわいい子には笑顔が似合うからね」

いつの間にかリビングに漂う空気も、和やかで甘ったるい雰囲気へ変わっていた。

「んー、なんだかよくわからないまま私たち全員、パパの愛人にされちゃったみたい。これでいいのかしら」

「澪お姉ちゃんも賛成って言ってたじゃない。なにか不満でもあるの？」

「不満、てわけじゃないけどお。このままパパの思惑どおりいくのが、なにか気にかかるのよねー」

ソファに寝転がりながら、澪が愚痴をこぼす。

イタズラっぽく笑った口元は、なにか騒動が起きることを願っているように見えた。

「澪の不満ももっともね。では、お父様の言ったとおり、今夜は四人で寝室へ伺いましょ。以前話していた、あのスタイルでね」

「美樹姉さん、あのスタイルってまさか……」

「そのまさかよ。特注品だからオーダーメイドで時間がかかったけど、昨日、完成して届いたの」

なにやら考えがあるのか、美樹は思わせぶりな笑みを浮かべていた。

「え、なにそれ面白そう。美樹姉は玲とそんなことを企んでいたのね」

「企んでいたわけじゃありません。いずれおじさまに、みんなを愛していただくために用意していた服装があるのよ」

「なになにい？　お姉ちゃんたちだけ楽しそうにしないでー、咲良も混ざるう」

「もちろんよ、心配しないで。咲良の分も用意してあるわ。とってもかわいいデザインの服なのよ？」

「わーい、やったー、お姉ちゃんたちといっしょだー」

美樹たちの口ぶりから察するに、今夜おこなう儀式のための特別な服装があるらしい。

「用意って、なにをだい？　そんなに大切なものなのかな」

「おじさま、それは夜になってからのお楽しみです。私たち全員でベッドルームへ伺いますから、そのときに見せてあげますね」

艶めいた目線の玲は、これから起きることへの期待に満ちている。

玲だけでなく美樹も澪も、そして咲良も頬を赤らめ、悦楽の園に思いを馳《は》せていた。

「玲も美樹姉も、私たちには教えてくれてもいいんじゃない。もしかしてえ、すっごくエッチな格好なの？」

「それは、そうねえ。荷物はもう届いているから、これからみんなで衣装合わせをしましょうか」

「キャッ、ホント？　前から、そういうエッチな格好に興味があったんだあ。ステージ衣装にも使えるかも」

「ただ、いちおうみんなのサイズに合わせてはあるけど、まだ少し調整がいるかもしれないわ」

「大丈夫よ、少し合わなくても詰めればいいだけだし。さ、みんな、私のお部屋へいきましょ」

「はーい、楽しみだなあ。どんな綺麗なお洋服なんだろー」

「お洋服っていうか、うーん、まあ見てもらえればわかるわ。かわいいのはたしかだけどね」

「ああ、なんならパパも手伝ってあげてもいいんだけど……」

「おじさま、お願いですからお部屋で待っていてくださいね。いつもどおり、夜に伺いますから」

申し出をあえなく却下されるが、べつに不快ではなかった。

着替えを覗けないのは残念だが、そのほうが興奮も増すというものだ。

「パパ、楽しみにしててね。玲の話じゃ、かなり際どい衣装みたいよ、うふふっ」

「咲良も楽しみー。早くいこ、お姉ちゃん」

「お父様、それでは夜にまた」

めいめいに感想を漏らしながら、そのままぞろぞろと、姉妹たちは着替えへ向かう。

ぽつんと一人、リビングに残された俺は、鷹揚《おうよう》にかまえながらひとり言を呟く。

「ふう、みんな行ったか。今夜が楽しみだねえ。大切な娘たちが、どういうスタイルで僕の部屋に来るのやら……」

ニヤニヤと妄想に耽り、美少女の痴態を思えば、また逸物が兆しそうになる。

静寂の訪れた部屋で、淫靡な儀式を心待ちにしつつ、家族会議は終わり告げるのだった。

第六章　悦楽の四姉妹孕姦

物々《ものもの》しい置き時計が夜の十時を知らせると、薄暗い寝室は期待にざわめいていた。

「なんだか落ち着かないなあ。こういう夜はタバコを吸いたくなる」

初めて美樹を抱いた夜と同じ、一人ベッドに横になれば、急に焦燥《しょうそう》感に包まれる。

この家にきてからやめていた悪習も、緊張から解放されるためにはやむを得ない。

「これから四人の姉妹を相手にしようっていうのに、まるで童貞喪失時のような反応だな、僕は」

自嘲気味に笑いながら、バッグの中からクシャクシャになったタバコを取り出す。

「かつての僕は、こんなモノを吸っていたのか。でも、いまはもう……」

唯一の灯りであるベッドランプが、こんなモノに縋る自分を責めるように照らし出す。

「美樹、玲、澪、そして咲良……ふふ、なんだろうな。いまは彼女たちのために、この家を守るのも、悪くはない気がしてきた」

独りごちると、そのままタバコをくず入れへ捨ててしまう。

胸にこみ上げる熱い感情は、疑いなく家族を愛する物だった。

「もう僕には、こんなモノは必要はない。比較にならないほど、大事な物ができたんだからな」

この家にきて美しい少女たちと出会い、過程は乱暴だったが、理解し合えた。

いまでは彼女たちと愛し合い、父として、恋人として振舞うことに躊躇いはない。

静かな決意を固めると、時間どおりにノックが響く。

「開いているよ。入りたまえ」

返答を待たずにドアが開けば、そこには桃源郷かと見まごう景色が広がっていた。

色とりどりのセクシーランジェリーを纏った姉妹は、まるで女神のように美しい。

「お父様、お召しどおりに伺いました」

「おじさま、いかがです？　すこし恥ずかしいですけど、似合うでしょうか」

「見て、パパ。この衣装、エッチだけどヒラヒラしてて、すっごくかわいいの」

「よく似合っているじゃないか。今日はみんなの記念すべき日なんだ。女が一番美しく見える格好をしないとね」

ビスチェタイプのコルセットは見事なくびれを作り出し、美巨乳を引き立てている。品評会のように立ち並ぶ美姉妹を前に、怒張は痛いぐらい膨れ上がりそうだ。

「はい、お父様にために誂《あつら》えた特注品ですから。とくにこのベールがポイントなんですよ」

たしかに頭には花嫁がつけるような、シースルーのベールを着用している。

「なるほど、花嫁は頭にベールをつけるものだしねえ。その純白のガーターストッキングも、よく似合っているよ」

「そんなふうに言われたら、もっと恥ずかしいです。んんっ」

喉をくすぐるように耳元で甘く囁けば、すでに虜になった美樹は頬を赤く染める。

「おじさま、私も褒めてください。どうでしょうか？」

「玲、抜け駆けしないで。私もパパのためにこんな恥ずかしい格好してるんだから」

美樹だけをかわいがっていると、玲も澪も不満そうに声をあげる。

それぞれが薄ピンクとブルーのランジェリーに、ベールをつけるスタイルだ。

そんな扇情的な格好でも、玲にメガネをかけさせているのは、俺の趣味である。

「ごめんごめん、もちろん二人とも綺麗だよ。とくにこの、おっぱいのラインが最高なんだ」

「きゃっ、いきなりツンツンしないでください。おじさまのエッチぃ」

「はんん、もう、いやらしくモミモミしちゃいやああん」

麗しのビスチェに包まれたGとHの美巨乳を揉み比べ、極上の感触にうっとりする。

そのままおっぱいの海に溺れたい気持ちになるが、背後から咲良に跳びつかれる。

「むうう、パパったらー、咲良も忘れちゃイヤなのー」

「おふっ、もう少し、おとなしくしがみついてくれるかい。もちろん、咲良も似合っているよ」

「やったー。こんなお洋服着るの初めてだから、パパに似合うって言ってもらえて、咲良嬉しい」

褒められて素直に喜ぶ咲良は、これからなにが起こるか理解しているのだろうか。

美樹によく似たランジェリーだが、咲良の体型に合わせたぺたんこなデザインだ。

「くす、美樹姉も玲も、こんなエッチな服を用意していたなんて。堅そうに見えて、案外エッチよねえ」

「澪だって喜んでいたじゃない。いずれ私たちがおじさまのものになったら、誓いの儀式のときに着ましょうって、姉さんと相談して決めたの」

「そう。みんなのスリーサイズや、胸のカップ数も全部調べて特注したのよ」

「えー、じゃあ咲良のもそうなの？」

「うふ、咲良はとくに手間がかかったわね。すぐに身体が大きくなるから、サイズが決められなくてね」

美樹たちがそんな用意をしているとは知らず、申し出をされたときは驚いた。

しかし淫らで華やかな装束《しょうぞく》の美姉妹に、その判断は正しかったことを知る。

艶めいたランジェリーに包まれ、淡いライトを浴びた肢体は、白く輝いていた。

「四人ともよく似合っていて、綺麗だよ。みんな僕のかわいい娘で、そして花嫁さ」

「ヤダ、パパったら、綺麗だなんて。いくらホントのことだからって……」

「おじさま、私たちはおじさまだけのものですから。今日は三人いっぺんに愛してくださいね」

「え、三人て、誰か忘れてるよ、玲お姉ちゃん」

「忘れてなんかないわ。咲良はここで、私たちとお父さんが愛し合うのを見ていてね」

「えー、なんでえ。お姉ちゃんたちだけでなんて、ずるーい」

ふてくされた顔を浮かべる咲良だが、そんな姿もかわいらしいのだろう。

幼い末妹のわがままにも、姉たちは嫣然《えんぜん》と微笑んでいる。

「うふふ、前にも言ったでしょ。今日のエッチは、咲良に見せるためにあるんだから」

「そうそう、私たちとおじさまのするのを見ていてね。いずれ咲良も、おじさまに処女を捧げる日の予行演習なのよ」

「はい、わかったのお……」

代わるがわる窘められ、咲良も渋々ながら納得したようだ。

姉たちの後ろに下がり、ちょこんと行儀よく佇んでいる。

「みんな、もういいんじゃないかな。そろそろ始めようじゃないか」

優美な装束と芳しい香水に、怒張ははちきれんばかりに膨れ上がっていた。

「アン、もうパパったらあ。そんなに前を膨らませていっても説得力ないよお」

「ふふ、お父様、まずは私たちが脱がしてあげますね」

「おじさまの肩、とっても広いです。その下のおち×ちんも立派……」

逞しい男の身体に魅了された少女たちは口々に褒めそやしつつ、手を肩にかける。

するりとナイトガウンが落ちれば、バチンと跳ね上がる逸物が乙女たちを圧倒する。

「キャッ、パパのおち×ぽ、もうこんなギンギン。若い娘とエッチするからって興奮しすぎい」

「そうね。おじさまのおち×ちん、エッチするたび大きくなってるみたい」

「それは、君たちとさんざんやりまくってきたからさ。僕のち×ぽも十代の頃に戻ったみたいだよ」

「お父様ったら、やりまくる、だなんて。そんな恥ずかしい言い方しないでください……」

姉妹の言うとおり、腫れ上がった肉の剛直は際限なく肥大化していた。

頬を赤らめ威容《いよう》を賞賛する娘たちに、この家の支配者が誰であるかは一目瞭然《いちもくりょうぜん》だった。

「ふわああ、それがパパのおち×ちんなんだ。お風呂で見たときよりも、おっきいのお」

脇から傍観《ぼうかん》している咲良も、牡のシンボルに度肝《どぎも》を抜かれている。

「うふ、わかったでしょ。こんなおっきなパパのおち×ぽ、まだ咲良じゃ無理よ」

「だから今日は、見てるだけにしましょうね、咲良」

優しい母親の如く振舞っているが、瞳には淫らな輝きが灯っている。

「それじゃあ、僕のかわいい娘たち。最初はみんなの、お口とおっぱいでしてもらえるかい？」

「はい、お父様。心を込めて、ご奉仕いたします」

要請と共に、姉妹はニッコリ笑顔を浮かべ跪く。

そそり立つ剛直を前に妖艶な下着姿の美少女が傅くさまは、神聖な儀式を思わせた。

「アン、先っちょから、もうおつゆがこぼれてるう」

「こんなにおち×ぽドクンドクンするなんて。おじさまったら、期待していたんですねえ」

「そりゃあねえ、君たちみたいなかわいい子たちを、これからいっぱいかわいがってあげるんだからね」

下品な表現にキャッ、と頬を赤らめるあたり、玲は姉妹でもかなりエッチだ。

「太くて硬くていまに爆発しそう。またこのおちん×んに貫かれると思うと……」

「ぐうっ、美樹、そんな強めに絞るんじゃないよ」

美樹のしなやかな指が剛直へ触れると、腰をついビクつかせてしまう。

（いかんな、淫らなシチュエーションに少し興奮しすぎた。しかし、早出しはばつが悪いし、我慢せねば）

三人を相手にしてのプレイなど初めてだが、みっともないところは見せられない。

「早く、早くぅぅ。咲良もパパのおち×ぽがビクビクするところ、見てみたいよお」

ましてロリータが興味津々に見つめているなど、いつも以上に昂ってしまう。

「あん、お姉ちゃんがお手本を見せてあげる。んん、こういうふうにするのよ、んちゅううう」

「うおおっ、澪っ、いきなり吸いつくんじゃないっ」

肉棒の熱気に耐えられなくなったのか、腫れ上がった先っちょへキスの雨が降る。

「んふううう、パパのおち×ちん、いつもよりも熱い。お口が火傷しちゃいそう」

「くふっ、なま温かくてヌルヌルして、なんて極上の舌遣いなんだっ」

十六歳とは思えぬ熟練《じゅくれん》の口唇愛撫に、たまらず天を仰ぐ。

反応を見計らうかのように先走りを滴らせた鈴口へ、レロレロと舌を絡めてゆく。

「ああん、澪ったら抜け駆けずるい。私のお口もどうぞ、ふむうう」

「むうっ、さすが美樹はツボを心得てるな。仕込んだ甲斐がある」

「おじさま、私にもください、んちゅううう」

「玲っ、ぬふううっ、そんな熱心に咥え込むなんて。少し上達しすぎだぞっ」

蠢く三枚の舌が、チロチロレロレロと淫らな水音を立て、牡の怒張を這い回る。

名高い久能家の姉妹が、めいめいに逸物へしゃぶりつく光景は、まさに壮観の一言に尽きる。

思わず我を忘れ、淫らすぎる光景に魂まで魅了されそうだった。

「ああん、パパのおち×ぽとっても長持ちね。淳くんのは、すぐにドピュドピュしちゃったけど」

「淳くんて、まさか澪ったら、おじさま以外にも彼にこんなことをしていたの？」

「そうなの、澪？　彼氏がいるって聞いたことはあったけど、まさかそんなことまでする仲だったなんて……」

驚く姉たちをチラ見しながら、澪は勝ち誇ったふうにご奉仕フェラを続ける。

「うふふ、覚えとくといいわ。パパは彼氏の名前を出したほうが興奮するの。おち×ちんが、ギンギンですっごいんだからあ」

「うーん、たしかに男の名前を出されると張り切るが、あまり言うのは勘弁してほしいなあ。うぐっ、そこは敏感だから穏やかにな……」

「んちゅうう、ほらほらあ、またピクンておっきくなってるう。正直なおち×ちんね」

「まあ、澪ってば、そんなふしだらな。お父様以外の男性と関係を持つなんて」

妹のあまりの奔放さに、美樹は目を丸くする。

姉妹揃って男のモノにしゃぶりつくほうがふしだらとは思うが、口にはしない。

「だってえ、そのほうがいつも以上にハッスルしちゃうのよ。そうでしょ、パパ？」

「いや、そこまで感じるわけでは。むううっ、そこを強く吸うんじゃないっ」

澪の淫らな発言を窘めるが、熟練の域に達したフェラの前には抵抗できない。

「ふうう、危うく漏らすところだったよ。まあでも、僕は君たちの父親代わりでもあるんだから、彼氏が欲しいのなら止めはしないよ」

「そんな、私はおじさま以外の人とだなんて……ありえません」

「玲の言うとおりです。澪も少しは慎みなさい」

愛する娘たちが他の男に抱かれるのを想像すれば、たしかに興奮はする。

同時に美樹の貞淑《ていしゅく》なセリフに妬心が収まり、安堵するのも事実だった。

「なーんだ、残念。彼のこと考えながらパパに抱かれると、すっごく燃えるのに」

「もうっ、いやらしすぎますっ。そんなエッチな澪には負けませんっ」

不満げな顔をする澪に、姉として玲は高らかに宣言する。

言うやいなやブラを外し、ポロンッ、と姉妹の中で最大のHカップを露にする。

「おじさま、私のおっぱいのほうがいっぱい感じてくれますよね。えいっ」

「ぬふぉおおっ、今度はおっぱいかっ。この圧倒的な玲の乳圧ッ、さすがHカップおっぱいだっ」

　意外と負けず嫌いな玲は、一歳しか違わない妹に対抗意識があるのだろう。

　さらなる奉仕をすべく、満を持して百十センチの爆乳をニュルンッ、と被せてくる。

「んんんう、どうですかおじさま。私のおっぱいは、ああん」

「もう、玲ったら大人げないんだから。うふ、見ててね、パパ」

　澪とて、玲にやられっぱなしではない。

　ビスチェの前紐を緩め、プルルンッ、と瑞々しいGカップをさらけ出す。

「大きさでは玲が上だけど、ダンスで鍛えたこのボディは誰にも負けないんだから。いっぱい楽しんでね、パパ」

「ぬおっ、澪おっ。やっぱりアイドルのおっぱいは最高だなっ」

　ムニュムニュと怒張を扱く双丘は、ステージで飛び跳ねる澪そのものだ。

「玲も澪もはしたない。争って男の人のおち×ちんに、おっぱいを擦り寄せるなんて」

「そう言って、美樹もしてくれるんだろう。君のパイズリが一番気持ちいいからね」

「まあ、お父様ったら……わかってます。いま私もおっぱいでいたしますね」

　少し躊躇ったのち、艶やかなGカップをぽよん、と手のひらで持ち上げ太幹へ宛てがう。

「私も玲ほどではないけど、おっぱいに自信があるんですよ。ご賞味ください」

「わかってるって。ささ、早くしてくれっ、ぬううっ、これはすごいっ」

「はああ、なんて逞しいおち×ちん。ここから出た白いミルクで赤ちゃんが……」

「ふう、美樹は赤ちゃんが欲しいのかい？　それならあとで、おま×こにたっぷり出してあげるよ」

「はい、嬉しいです。アアンッ、硬いおち×ぽでおっぱい擦れちゃいますううう」

深夜の密室に六つの球体がムニムニと揺れ、いやらしく変形する。

トリプルパイズリの快楽で、雄々しくそびえるこわばりは限界を超えて漲りそうだ。

「美樹姉さん、もう完全におじさまの虜ですね。あんなに嫌がっていたのが嘘みたい」

「だって、私はもう、このおちん×んに言うこと聞かされてしまったの。もう、おち×ちんの奴隷なの」

「とか言っちゃって、美樹姉ったら、そんな夢中になっておっぱいスリスリしてるあたり、完全にパパの虜よね」

「アアンッ、それ以上言わないでぇ。おち×ちんにだらしない姿なんて見られたくないのお」

「ふふ、もう恥ずかしがらなくてもいいんだ。君たち姉妹は、ずっとこの屋敷で僕と暮らすんだからね。僕だけの物なんだよ」

男らしく言い放てば、美姉妹も納得したように頷き、プレイにいっそう励んでくれる。

「はい、私たち姉妹はあなたの物です。末永く大切にしてくださいね」

従順な美樹のおっぱいは肌理細かく、まさに貴婦人の肌といった感触だ。

「はふうう、んんん、三人いっしょでも全部包み込めないなんて。おじさまのおち×ぽ、逞しすぎますぅ」

玲のおっぱいは、百センチを超える爆乳でニュルニュルと剛直を包み込む。

「くす、こーんなかわいい女の子たちにおち×ぽパイズリされるんだから、パパってば幸せ者ね」

現役アイドルの弾むおっぱいは、すぐに果てよと逸物を絞り上げてくる。

「美樹も玲も澪も上手だよ。ううっ、パパはもうイッちゃいそうだ」

「ああ、嬉しい、いっぱいイッてくださいね。私たちが全部受け止めます」

「ああ、またおじさまのミルクが、ドピュドピュするところを見たいですぅ」

「パパあ、早く出してえ。おち×ちんピュッピュしてほしいの」

怒張が臨界へのカウントダウンを開始すれば、艶めいた声は淫らな三重奏となる。

恍惚《こうこつ》とした表情を浮かべる美少女たちを、いますぐ自分の精で汚してやりたかった。

「はああん、パパもお姉ちゃんたちもすごいよお。咲良もいっぱい感じてるの」

いつの間にか床へへたり込んだ咲良は、発情した瞳で行為を観察している。

どこで覚えたのか、指を伸ばし、クチュクチュとはしたなく割れ目を弄っていた。

「咲良もよく見ておくんだよ。いずれこのち×ぽで、愛してあげるからね」

「はいい。パパのおち×ぽで、早くおま×こズンズンしてほしいのおお」

頬を赤らめ発情した瞳は、もう子供だった咲良の面影《おもかげ》はない。

姉たちのセックスに魅入られ、自慰に耽るいやらしいロリータだった。

「アン、お父さん、私も忘れないでください、んんん」

「おじさまあ、おち×ぽ、早くううう」

「パパのおち×ぽ、すっごく膨れてるう。いまにも爆発しちゃいそうよお」

六つの美巨乳の競演に、これ以上耐える必要などなかった。

己《おのれ》の精の放出を、支配の証として淫らな四姉妹へ見せつけてやりたい。

「くうううっ、もうダメだ、見ているんだよみんなっ。パパの射精を目に焼き付けるんだっ」

「はいっ、見ていますっ。お父様のミルクシャワーで溺れさせてええっ」

「あああっ、おじさまの先っちょがビクビクって唸ってますううう」

「アンンッ、もう出ちゃうっ、出ちゃうのね、パパあああ」

「ああっ、いっぱい出すぞっ、ぐうううっ、出るっ、出るぞおおおおおっ」

「キャンッ、ひゃあああああん、おち×ぽの先っぽから白いミルクが出てますううう」

神聖な儀式の場と化した寝室で、獣と化した男の咆吼が轟く。

直後、先割れからは極限まで昂った喜びが爆発していた。

「おじさまああ、もっとかけて、ミルクをかけてくださいいいいい」

「アン、すごいいいい、おち×ぽミルク、たくさんドピュドピュしてるうううううっ」

美姉妹たちは瞳を輝かせ、天へ向けて噴き上がる白濁液の虜になっていた。

「あああん、もっと出してください。私たちをお父様のミルクまみれにしてくださいいいい」

「はあああっ、いっぱいおち×ぽミルクいっぱいいい、溺れちゃううううう」

「んんんっ、まだビュクビュク出てるうう。パパのミルク、最高ッ」

間近で愛するパパの吐精を目撃し、感動に極まっている。

「はあはあ、ふうう、三人ともすごくよかったよ。君たちのおっぱいは最高だ」

「アン、もっと撫でてくださいい、お父様」

ご褒美に頭を撫でてあげると、美樹は子犬みたいにじゃれついてくる。

「はあ、おじさまにいっぱいミルクをかけていただいて、幸せですううう」

メガネまで白濁液で汚されながら、玲はうっとりと艶美な表情を浮かべている。

「あら、でもパパのおち×ちん、まだこんなギンギン。一回ぐらいじゃ満足しないのよね」

澪はまだ満足しないのか、そそり立つ男根に舌なめずりをする。

大量の吐精で娘たちを辱めながら、肉棒はいまだ犯し足りないと唸りをあげていた。

「ああ、今日は君たちが妊娠するぐらい、かわいがってあげるからね。夜はこれからだよ」

雄々しくそびえる逸物を見せつけたまま告げれば、美樹たちもコクリと頷く。

「じゃあ、そろそろベッドへ移ろうか。咲良は僕が運んであげようね」

「ええ、アン、キャッ、パパったらあ。子供じゃないから一人で行けるもん」

自慰に浸っていた咲良をひょいと持ち上げ、お姫様抱っこでベッドへ運んであげる。

「うんん、パパの抱っこ、気持ちいいい。ふみゅううう」

最初は嫌がるも、抱っこされればおとなしく従うところは、まだ子供らしい。

「ずるうい。私もパパにお姫様抱っこされたいなあ」

「おじさまは、咲良にはすごく優しいです。ちょっと羨ましいな」

「ふふ、そんなふうに言わなくても、今度は君たちをたっぷり愛してあげるよ」

咲良をベッドへ上げたあと、精液まみれの娘たちも同じく抱っこで運んであげる。

もちろん、これから始まる快楽の饗宴に相応しいスタイルでだ。

「お父様ったら、いやらしい。ああん、こんな格好でなんて……」

「ひゃん、おじさまあ、これじゃ全部見えてしまいますう」

「んもう、パパったらホントに好きなんだからあ。恥ずかしいよお」

「なにを言ってるんだい、みんなすごく綺麗じゃないか。それでこそ、僕の大事な娘たちだよ」

ベッドの上で、三つ並んだ美臀はフリフリと揺れ、牡を誘う香気を放つ。

四つんばいになった格好でお尻をこちらへ向け、貫いてほしげに挑発していた。

「しかし、このベッドは広いなあ。まるで、みんなで愛し合うことを前提にして作られたみたいだ」

五人が一度に乗っても、まだ余裕のある造りだった。

可憐なランジェリーに飾られた美尻が、広いベッドを極彩色《ごくさいしき》の楽園へ塗り替える。

「ふえ、お姉ちゃんたち、すごい格好だよお。パパに向かって、お大事丸見えにしてるう」

「いやん、咲良ったら、恥ずかしいこと言わないで。ああん、見ないでえ、お父様」

姉妹三人が仲よく並び、その側では末妹が固唾《かたず》を飲んで見守っている。

はかなげに揺らめく三枚の花びらを、後ろから自慢の逸物で貫こうというのだ。

「それは無理だな。こんな綺麗なお尻を見ては、もう一刻も我慢ができないよ。ふふ」

「ひゃあん、パパのいやらしい手が、お尻をスリスリしてるうう」

「ふむ、ツルツルでスベスベで、その奥にある花びらも見事だよ。中の具合もね」

「きゃあああん、おじさまああっ、指でそんなところをイジイジしないでえええっ」

美味しそうな玲の美尻を撫でつつ、ヌプリと蜜滴る割れ目へ指を埋《うず》める。

たちまち、可憐な鳴き声と共に、淑《しと》やかな少女の肢体が跳ねる。

「いい声だ。これから指より、もっと太いものを入れてあげるからね」

「パパあ、お願い、最初は私に入れてえ。んんっ、もう我慢できないのお」

「ああん、ずるいわ澪。私だって、おじさまのが早く欲しいのにいい」

「いやらしい娘たちだ。おかげで僕のち×ぽも、もうこんなになっちゃったよ」

指にこびりついた恥蜜を舐めとりながら、愛しげに三姉妹のヒップを見比べる。

「お父様のおち×ぽ、さっきよりも太く逞しくなってますう。すごいギンギン……」

「アンッ、おじさまあ、おち×ぽでお尻をペチペチしないでくださいい」

指でニュプニュプと秘割れを弄りつつ、鋼の如き淫棒で滑らかなお尻を刺激する。

「あああんっ、熱いよお。パパのぶっといおち×ぽが当たってるうっ」

「はあ、もうダメだ。まずは美樹、お前から犯してやりたい」

満開の花びらを前にして、理性などとうに失せていた。

臍《へそ》まで張り付いた肉勃起をしならせながら、まずは美樹の柳腰をがっしり掴む。

「イクよ、美樹。パパのち×ぽでかわいがってあげるからね」

「はい、きてください……あんんんんっ、お父様の太いのがきたのおおおっ」

割れ目に突き立てた怒張を繰り出し、蜜潤う秘割れを貫いてゆく。

「くうっ、さすが長女のおま×こだ。入れた途端、ち×ぽに吸いついてくるよっ」

「ああん、だってえ、最近お父様は澪や玲ばっかり愛して、私のことぜんぜんかまってくれないんですものおお」

グチュリと震える柔襞が、好き好きと絡みついてくる。

長女ゆえか素直になれない美樹だけに、蜜壺は態度に反して甘えてくる。

「それはすまなかった。今日はお詫びに、たっぷりち×ぽをツキツキしてあげるよっ」

「きゃあああんっ、お父様あ、いきなり早いいいいいいいいい」

「んぬうっ、ヌルヌルかと思ったが急に締めつけてくるな。美樹のおま×こは」

処女喪失時からじっくり仕込んだおかげで、トロトロなのにキッキッに絞ってくる。

ツンとした態度と裏腹な甘い締めつけは、まさしく美樹そのものだ。

「たまらんな、こんな具合のいいおま×こ。すぐに出てしまいそうだっ」

「あんんっ、いいんです、出してください。我慢しなくてもいいんですううう」

「くうっ、いじらしいな美樹はっ。ではお言葉に甘えてっ」

「ひゃああん、そんなズンズンしたら、私もどうにかなっちゃいますうううう」

トリプルパイズリで大量の吐精をしたのに、牝襞に包まれた肉棒はもう達しそうだ。

腰の動きはさらに加速し、女壺を蹂躙しながらさらなる高みへと駆け上がる。

「うぐうっ、出すぞ、美樹っ、もう限界だ。最後は美樹の中でイクぞおおおっ」

「んんうっ、お父様のおち×ぽがビクンビクンて暴れてますう。おま×こ壊れちゃううぐううっ」

「くおおおっ、出る、美樹のおま×こは最高だぞっ、うぐううっ」

「あああんっ、お父様っ、お父様あ、私もイッちゃいます。お父様のおち×ぽでイッちゃううううううう」

「ああっ、美樹っ、美樹いいいっ、お前は僕の最高の娘だよっ、はあああっ」

渾身の力を込めたピストンで子宮口を突けば、ぶわっ、と熱い血潮がはじけ飛ぶ。

「きゃあああああああん、おち×ぽが中でいっぱいいいい、もうダメえええええっ」

「ううっ、おま×こがヒクついてまた絞られるっ、なんて気持ちいいんだっ」

「はあああ、お父様あ。このままずっと、おち×ぽをくださいい……」

絶頂を迎えたあとも、まとわりつくおま×こに、ずっと入れていたい気持ちになる。

しかしまだ姉妹は、二人も残っているのだ。

「ふうう、すごくよかったよ、美樹……それでこそ、僕の娘だよ」

「んんうう、嬉しい、お父様、ああ……」

名残《なごり》惜しげにヌポッ、と怒張を引き抜けば、花びらから白濁液がこぼれてくる。

たとえようもないほど卑猥な光景に、太幹はあっという間に復活していた。

「ああん、パパあ、次は私にもちょうだい」

息も絶えだえの美樹の隣で、澪が切なげにお尻をフリフリする。

「澪、そんないやらしく尻をクネクネしたら、またち×ぽが、くうっ」

「くす、おち×ちん、またおっきくなってるう。早く入れたいんでしょう?」

「まったく、少しは待てないのかな澪は。はしたない娘だ」

「うふふ、でもこうやっておねだりしたほうが、パパはいっぱい感じてくれるじゃない。ああん、おち×ぽブチュって当たってるうう」

よくしなるウエスト固定しつつ、愛蜜と白濁液にまみれた先端を秘唇へ押し当てる。

「まあ、気持ちいいのはたしかだが、年頃の娘として恥じらいも持ってほしいな。なにせ、澪はアイドルなんだから」

「あんなに感じてる美樹姉を見たら無理よお。あん、早くその逞しいおち×ぽちょうだいいい」

いやらしく揺れる女子高生の桃尻に、もう躊躇はいらない。

「なんてはしたない娘なんだっ。いますぐぶち込んでやるぞっ、うりゃああっ」

「きゃあああんっ、ガチガチおち×ぽ、いっぱいいいいいいい」

全力で腰を突き出せば、漲る大人ち×ぽをアイドルの蜜壺へねじ込んでゆく。

「ああん、やっぱりパパのおち×ぽいいっ。太くて硬くて全然いいのお、大人おち×ぽ最高っ」

「当然だ、パパのち×ぽはそこいらの男とは違うからな。澪もパパなしじゃ生きていけない身体にしてやる」

「んんっ、もうとっくにパパなしじゃいられないの。お願い、もっとツキツキしてえ」

彼氏持ちの現役アイドルを完全に堕とした喜びが、極太ち×ぽに活力を与える。

「はああっ、澪おおっ、いくぞおおっ」

「ひゃんっ、きゃあああんっ、パパあ、それ激しいっ、そんなのダメえええええっ」

さすがに歌のレッスンをしているだけあって、喘ぎ声もまた軽やかに響く。

最初から本気のピストンを繰り出せば、蕩ける牝声で囀ってくれる。

「はあはあ、中がグチュグチュしてるのにキツキツで、ち×ぽを締めつけるな」

「パパったらあ、ああん、ガツガツしすぎいい。淳くんよりも激しいよおお」

「ああ、そんな男のことは今日限り忘れさせてやるよ。たっぷり中出しして、子宮の奥までパパのものにしてやるっ」

「きゃんっ、してええ。奥の奥まで、パパのミルクを注ぎ込んでええええええ」

俺の逸物は、三度も出したというのに衰えることを知らなかった。

瑞々しい肌と蜜襞の感触が、果てることのない活力を与えてくれたかのようだ。

「アンッ、アアアンッ、パパのツキツキいいの、とってもいいっ」

「澪のおま×こもグイグイ締めつけてくる。さすが、ダンスで鍛えているだけあるなっ」

「んんんっ、パパに喜んでもらえて嬉しい、ひゃああんっ」

三人並べての後背位に猛烈に性感を高められれば、頂点は目前だった。

「はあ、くうううっ、もうダメだ、イクぞ、いまイクぞおっ」

「出ちゃうのね、パパ。いいよ、私もイッちゃいそうなの、いっしょにイこ。はああんっ」

「ぬううっ、またギュッて締めつけるのかっ。澪っ、パパもイクぞっ、ぐううううう」

ガクガクと激しい腰使いで肉襞を抉《えぐ》り、一気に昇りつめる
子宮を潰すほどの衝撃で突きまくれば、澪も同時に達してしまう。

「はあああん、パパのおち×ぽがビクンビクンしてるうううう、先っぽからミルクがいっぱいいいいいい」

「澪おおっ、イッた顔もかわいいぞっ、パパも出るううっ」

「ひゃあああんっ、パパあああっ、澪もイクッ、イッちゃうううううう」

白い背筋を目いっぱいに逸らしながら、はしたないイキ顔を晒しつつ果ててゆく。

アイドルの痴態を眺め、吐精の快楽に酔いしれるのは男として至高の愉悦だ。

「はあああ、パパ、気持ちよすぎて死んじゃうかと思っちゃった。もうダメえええ」

「ふうう、澪もよかったよ。名器のアイドルなんて、パパにとって最高の娘だ」

「んんんう、嬉しい。パパあ、はあああ……」

激しいアクメでぐったりする澪に満足すれば、ぬるりと怒張を引き抜く。

「美樹姉さんも、澪も素敵です。とっても気持ちよさそうで、羨ましい」

姉と妹の絶頂を見比べながら、玲も物欲しげに溜め息をつく。

「ふふ、大丈夫だよ、玲。これから君も、たっぷり同じ目に遭わせてあげるよ」

「アン、おじさまのおち×ぽ、あんなに出したのにまだビンビン。すごいですう」

玲の言うとおり、もはや絶倫という言葉では表せぬほど、怒張は力強く脈打つ。

四姉妹を汚し、すべてを自分色に塗り替えるまで、収まらぬほどの勢いだった。

「これから玲も、たっぷりかわいがってあげるからね。ああ、白くて艶やかなお尻だ」

「きゃっ、撫でられたらゾワゾワしちゃいますう。くすぐったあい」

つるんとした美尻はムッチリと肉が詰まり、姉妹の中でも一番の食べ頃だ。

「お尻も綺麗だが、おま×こもかわいくて、ヘアが薄いから咲良とあまり変わらないね」

「いやあぁん、そんなふうに言わないでください……ひゃんっ、おち×ぽがグッ、っておま×こにいい」

牝を犯す凶器と化した剛直で花園を圧迫すれば、豊満な十七歳の肢体も怯えている。

「ううっ、入れてもいないのに吸いついてくるな。玲のおま×こは」

「はいっ、私の身も心もおじさまのものですから。早くおち×ぽを、キャアアアンッ」

健気な仕草に支配欲が疼けば、求めを待たずに雄々しく腰を突き出す。

ブチュンッ、と淫靡な音を立てる秘割れは、長大な肉棹を一息に呑み込んでしまう。

「はあああん、おじさまあ。私のおま×こ、おじさまおち×ぽでいっぱい拡げられてますううう」

「ああ、やっぱり玲のおま×こが一番安心するな。このフワフワなのに甘ったるい締めつけは、たまらないぞ」

「んんうっ、嬉しい。私も逞しいおち×ぽに貫かれて幸せですう、あああんっ」

何度貫いたかわからない蜜壺は欲棒と密着し、もう完全に一体化していた。

一途で健気な玲の心情を表す肉襞は、もっと愛してほしいと絡みついてくる。

「んんっ、グチュグチュまとわりついて離さないな。なんていやらしいおま×こだ」

「ああんっ、それはおじさまのおち×ぽが激しくするから。私もどうにかなっちゃいそう」

たしかにヒクつく蜜襞は、少しのピストンでも達しそうなほど昂っている。

「わかったよ。じゃあすぐにイかせてあげるよ、玲っ」

「ええっ、ひゃあああああんっ、そんないきなりいいいいっ」

見事にくびれたウエストを乱暴に掴むと、本気のピストンで突きまくる。

まるで衰えることのない太幹が、少女の過敏な柔膣をズブズブと蹂躙する。

「ああんっ、いやああああん、おじさまああ。強くされたら壊れちゃいますううう」

「玲の具合がよすぎるんだっ。こんな気持ちいいおま×こは、たっぷりち×ぽを出し入れしてげないとな」

「そんなこと言われてもお。あああんっ、でもいっぱいズンズンしてくれて嬉しいですううう」

堅物そうなメガネを揺らし、バックからの挿入すら喜んで受け入れる。

真面目な優等生だった玲の変わりように、驚きよりも感動のほうが強かった。

「そんな激しくよがってくれて、パパとしても嬉しいよ。もっとしてあげるぞっ」

「ふえええん、おじさまああ。私もう、ダメそうですうう、おち×ぽがよすぎて、すぐにきちゃいますうううう」

「ああっ、パパもイクよっ、玲のおま×こに、いっぱい出してあげるからねっ」

「んんんうっ、もうすぐおじさまのミルクが私の中に、あああ、早くううううう」

白いHカップのおっぱいを揺らしながら、官能に戦慄《せんりつ》する少女は美しい。

優等生な玲のイキ顔が見たくなれば、猛然とスパートをかける。

「はあ、ふあああんっ、おじさまあ、もうダメです。こんなはしたない娘を許してくださいいいいい」

「いいんだ、玲もいっぱいイキなさいっ、パパもイキそうなんだっ」

「はいいいいっ、イキますっ、イッちゃいますうううう」

少女の嬌声をバックに、さらにスピードを上げれば絶頂まですぐそこだ。

極限まで昂った腰振りが子宮の奥を突いた瞬間、頭の中が真っ白に弾け飛ぶ。

「はあああああん、おじさまのが一番奥にいいいいい、赤ちゃんのお部屋が突かれてますうううううう」

「ぬううっ、女子高生のアヘ顔はたまらんっ。いまたくさん出してやるぞおおっ」

「おじさまあああ、おち×ぽがドピュドピュって、たくさん出てますううう、もうダメえええええええ」

美巨乳を震わせながら、淑やかな肢体も絶頂の波に呑み込まれてゆく。

三つの白い女体がいやらしく跳ねるさまに、牡の支配欲は完全に満たされたようだ。

「玲、気持ちよかったよ……おま×こもおっぱいも最高だったよ」

「んふうう、おじさまあ。私もどうにかなるぐらい気持ちよかったですううう」

姉妹いっぺんのアクメに、玲もいつにない興奮を覚えたのだろう。

シーツの上で呆けた表情を晒し、半ば放心状態になっていた。

「はううう、パパあ、お姉ちゃあん。みんなすごく、すごくエッチなのおおお」

ぐったりと息も絶えだえになっている姉たちを見て、咲良もかわいい声をあげる。

「おやおや、咲良も存分に楽しんだようだねえ。子供とは思えないエッチな顔だよ」

「んん、だってええ、こんないやらしいこと見たら、もう我慢できないよお」

俺と姉たちの交わりを見て、自慰に耽り何度もイッてしまったのだろう。

太股から滴る幼い秘蜜がシーツへ染み渡り、しっとりと汚していた。

「こんなにベッドを汚しちゃって。いけない子だね、咲良は」

「アンンン、指が止まらないのお。お大事からクチュクチュって、エッチなおつゆが止められないよおお」

「あああ、かわいいよ、咲良、んんん」

「あふうん、パパあ、んちゅううう」

いやらしすぎるロリータの痴態に欲情すれば、可憐な唇を奪う。

「んんむうう、パパあ、しゅきいいいいい」

「パパも咲良のことが好きだよ。ああ、我慢できそうにない。悪いパパになっちゃうよ」

「うんん、いいよ、パパ。咲良もお姉ちゃんたちといっしょがいいの。お願い、咲良にもしてええ」

ヌロヌロと舌を絡めれば、昂る怒張が早く襲ってしまえと唆《けしか》けてくる。

今日はセックスを見学させるだけにしたかったが、もう待てそうになかった。

「ぬふうう、わかったよ咲良。いまからパパと、ひとつになろうね」

「ああああん、パパあ、嬉しいよおお」

ベッドへ押し倒し、鮮やかなランジェリーに包まれた幼い肢体に見入ってしまう。

姉たちとはまるで違う未成熟なボディに、ロリータの魅力が詰まっている。

「はあはあ、白くてスベスベしていて、咲良の身体は綺麗だねえ」

「ふううん、お姉ちゃんたちみたいにおっぱいないけど、それでもいいの、パパ？」

「関係ないさ、咲良には咲良の魅力があるんだ。パパはそんな咲良が大好きなんだよ」

「やあん、咲良も大大大好きいいいい」

小柄でプニプニした感触を楽しめば、あとはもう、咲良の処女を奪うだけだ。

細く華奢な肢体へ覆い被されば、膨れ上がった牡のシンボルで汚したくなる。

「ああ、とうとう咲良ともしちゃうのね、パパ。でも、それもいいかも」

「お父様ったら、咲良はまだ子供なのに。いくらいっぱい濡れてても、大丈夫かしら」

「お願いです、おじさま。初めは優しくしてあげてくださいね。私のときは容赦しませんでしたもの」

いつの間にかアクメの衝撃から目覚めた美樹たちが、愛し合う二人を取り囲んでいた。

「お姉ちゃんたち……平気だよお。咲良、パパのことが大好きだもん。ちゃあんと見ててほしいな」

「ふふ、どうもそういうことになってしまったよ。でも、姉妹はいっしょのほうがいいだろう?」

三人ともいまだ官能の燻《くすぶ》った瞳で、これから交わろうとする妹を見守っている。

ひとつに重なる俺と咲良を、祝福するかの如き面持ちで佇んでいた。

「くす、咲良、いまお姉ちゃんが平気になるおまじないをしたげるね」

「ええ、ひゃあぁあんっ、澪お姉ちゃん、そんなところペロペロしたらダメえっ」

イタズラっぽい笑みとともに、澪が感じやすい首筋へキスをすれば、悲鳴があがる。

チロチロと舌を這わしながら、薄衣を脱がしつつ、姉による愛撫が続く。

「あん、澪ったら、妹相手にいやらしい。咲良もそんなに感じた声を出すなんて」

「だって、咲良の身体とってもプニプニしててかわいいんだもん。美樹姉も玲もやってみましょ?」

「そんなこと。あらあら、たしかに咲良のお肌スベスベね、んふうう」

「やあん、玲お姉ちゃんまで。そんなにチュッチュされたらあああ」

「うふ、たしかに咲良は子猫みたいにかわいいものね。赤ちゃんみたいな肌触りだし」

澪に促され、美樹たちも我もと末妹の未成熟な肢体を弄ぶ。

「ああん、お姉ちゃんたちからいっぱいキスされてるよお。なにこれええええ」

日頃お人形みたいに扱われている咲良にとって、愛撫は慣れているのかもしれない。

女同士でキスしたりおっぱいを吸われたりと、淫らなじゃれ合いに見入ってしまう。

「はああ、パパの目の前でなんてはしたないんだ君たちは。まったく、いやらしすぎるよ」

ピチャピチャと唇の擦れる音と、充満する熱い吐息が怒張に活力を与えてくれる。

もはや、際限のない昂りに、身体中からはマグマの如き劣情が込み上がる。

「はむうう、おち×ぽそんなにギチギチにしてえ。パパってば呆れるぐらい底無しよねえ」

「おじさまのおち×ぽ、私たちのときよりも大きくなってますう。咲良の小さくてかわいいおま×こに入るかしら」

「さあ、咲良、お父様におち×ぽを入れていただきましょうね。私たちといっしょになりましょう」

「いやああん、拡げないでえ、お姉ちゃあん。パパに全部見られちゃうううう」

両脇から絡みつく澪と玲が、少女の太股をゆっくりと開いてゆく。

くぱあっ、とどうしようもないほどに蜜をこぼした無毛の割れ目が眼前に広がる。

「綺麗だよ。まだ毛も生えていないおま×こなのに、こんなに蜜を滴らせるなんて」

食欲を誘う淫らなおま×こをみれば、弄らずにはいられない。

「キャアンッ、指でクチュクチュしちゃダメなのおっ、やめてええ、パパあ」

こんな子供であっても、好きな男から愛撫されれば、さらに割れ目を綻《ほころ》ばせる。

「やめて、というわりにはこんなに濡らして。本当はパパのおち×ぽが欲しくて仕方がないんだね」

「ああん、そんなことおっ、ありましゅうう。パパのおち×ぽで、お姉ちゃんたちと同じことしてほしいのおお」

「咲良ったら、お人形みたいにかわいらしいのに、なんてエッチな声なのかしら」

「私たちも、おじさまにたっぷりかわいがっていただいたのよ。咲良も、これからいっぱいしてもらいましょうね」

口々に、ロリータがこれから処女を奪われることを賞賛し、褒めそやす。

一人の男を介して姉妹がひとつに結ばれようというのだから、当然だろう。

「みんな、そろそろいいかな。咲良も待ちきれないようだしね」

「はい、お父様、私たちもお手伝いします。この逞しいおち×ぽを、咲良の中へ……」

「んうっ、はうんっ、おち×ぽ、熱くて硬いおち×ぽが当たってるよお……」

改めて幼い身体へ被されば腰を微調整して、筒先をブチュリと粘膜へ密着させる。

唸りをあげる砲身は、可憐な少女の純潔をいまにも破りそうだ。

「このち×ぽで、いまから咲良をパパのものにするからね。少し我慢してもらえるかな」

「うんんっ、わかったのお、パパあ。でも、ちょっと怖いよお……」

「心配しないで、咲良。私たちも最初すごく痛かったけど、すぐによくなるわ。おじさまに愛されてるって実感が、身体中に溢れてくるの」

「そうそう、パパはちょっと強引だけど、ホントはすごく優しいの。咲良もおち×ぽを入れられれば、それがわかるわ」

「ふええ、そうなの。それじゃあ我慢するうう」

「いじらしいなあ、咲良は。そんな仕草を見たら、またキスしたくなっちゃうよ、むちゅううう」

「ああん、むふううう、パパあああ……」

ようやく、この家にやってきた目的が、いま完遂する。

美貌の四姉妹のすべてを、自分の物にする野望が果たされようとしていた。

「んふっ、ではいくよ、咲良。身体の力を抜いておくれ」

「はい、んんんっ、ゆっくりいいい」

こんな幼い割れ目に、大人の極太ち×ぽが入るかと思うが、引き返す気などない。

腰に力を込め、ヌルヌルの秘粘膜へ宛がった怒張を動かしてゆく。

「ああ、ついに咲良も、お姉ちゃんとひとつになるのね……」

「美樹姉、ひとつになるのはパパと咲良でしょ。まあ、似たようなものだけど」

「おじさまのおち×ぽは、私たちともひとつになっているの。これでやっと、家族がひとつになるのよ……」

感慨深げな視線のなか、ついに先端がグッ、と綻びはじめた割れ目へ突き刺さる。

「んんんっ、パパああっ、ひいいいんっ、あはああっ、痛いよおおおおおおお」

「ぬううっ、これが咲良のおま×こかい。想像以上のきつさだっ」

ロリータの耐えられない悲鳴が、禁断の密室に響き渡る。

愛しい少女に苦痛を与えることは本意ではなく、前へとせり出した腰も止まる。

「くううう、ふう、大丈夫かい、咲良？」

「ああん、痛いのおお、んんんう、でも平気いい。だってパパとひとつになりたいんだもん」

涙をこぼしつつ痛苦に耐えるロリータに、哀惜《あいせき》の思いが強くなる。

そんないじらしい態度をされれば、非情に腰を突き出すことが躊躇われる。

「咲良、かわいいなあ。つらいのなら、今日はやめにしようかい？」

「待って、パパ。私たちがなんとかするから、うふふ」

「はうううう、澪お姉ちゃあん、どうするのお」

極太の怒張に貫かれた妹を淫らの世界へ引き込む姉たちは、淫蕩な小悪魔のそれだ。

「んふう、お姉ちゃんがキスしてあげるね。そしたら痛くないでしょ、むちゅうう
う」

「あふん、澪お姉ちゃああん、んちううううう」

「あん、澪ったら、女の子同士でそんな激しいキスをするなんて」

手を握ったり、キスしてあげたりと淫らに交わる姉妹像は、絵画のように美しい
「ああ、美樹、玲、澪、そんな姿を見たら、パパはもう……」

突き入れた怒張は数ミリ陥没《かんぼつ》しただけで、まだ大切な処女膜は貫通していない。

それでもわずかではあるが、ミチミチと音を立てつつ進んでいる。

「くううぅっ、いくよ咲良っ。パパのおち×ぽで完全に征服するよっ」

「ひぎいいいいっ、らめえええええ、パパあああああっ」

一刻も早く、可憐に戯れる少女たちの花園を征服したい。

怒張に渦巻く邪悪な欲望がとぐろを巻けば、逸物は破裂寸前だ。

「んぐうううっ、おち×ぽがまたグッ、て突き当たってるううううう」

「はあっ、これで最後だよっ、咲良っ」

「きゃあああああん、痛いですうううううう、もうやめてえええええええ」

クニュンッ、といやらしい音を立て、剛直がついに汚れない花園を蹂躙する。

「んんうううううううううっ、パパあああああっ、咲良もうダメえええええええ」

ほんのわずかしか腰を動かしていないが、幼い割れ目はあっけなく純潔を奪われる。

「あああん、咲良のロストバージンの顔、素敵い。これでパパのものになったのね」

「女の子が処女を奪われる瞬間は、こんなにも綺麗なのね……」

「お父様のおち×ぽは大きいでしょうけど、我慢するのよ、咲良」

「ぐすん、咲良これでパパだけじゃなく、お姉ちゃんたちともいっしょになれたんだよねえ」

悲愴《ひそう》な雰囲気だった深夜の密室も、少女の笑顔に明るさを取り戻す。

美姉妹たちの笑顔が綻び、末妹の処女喪失を祝福する。

ほんの先っちょしか入っていないが、幼い秘裂には十分すぎる太さと長さだった。

「ああ、これでみんなパパの物になったんだ。美樹、玲、澪、咲良、いつまでも愛してるよ……」

「はい、お父様。これからも末永く、私たちを愛してくださいね」

「おじさま、私も愛しています……」

「パパあ、次はまた私に入れてほしいの……」

「あん、パパあ。まだ痛いけど、ひとつになれて嬉しいよお」

ロリータと繋がり、それを見守る姉たちと見つめ合いながら、至上の楽園に酔いしれる。

淫蕩な笑みの少女たちと一体化した充足《じゅうそく》感から、絶頂以上の幸福感に襲われていた。

本当の父になれた喜びと征服感が胸を満たし、四姉妹たちとの狂宴がいつまでも続くことを確信していた。

生贄《いけにえ》四姉妹《よんしまい》 パパ《ぱぱ》になって孕《はら》ませてください

二〇二一年 九月 十日 初版発行

発行◉マドンナ社
発売◉二見書房
東京都千代田区神田三崎町二‐一八‐一一
電話 〇三‐三五一五‐二三一一(代表)
郵便振替 〇〇一七〇‐四‐二六三九

著者◉新井芳野【あらい・よしの】

印刷◉株式会社堀内印刷所 製本◉株式会社村上製本所 落丁・乱丁本はお取替えいたします。定価は、カバーに表示してあります。
ISBN978-4-576-21125-1 ◉ Printed in Japan ◉ ©Y.Arai 2021